Haru & Syoda
「The Cop ーザ・コップー」

「ああ……っ、
うぅ……んんっ。
はぁ……っ」
この男の唇と指は
ハルを啼かせるのが得意なのだ。
待ちわびていた自分の
恨みつらみを叩きつけてやりたいのに、
それ以上にこの男を貪りたくてどうしようもない。
（本文P.36より）

The Cop―ザ・コップ― The Barber

水原とほる

キャラ文庫

この作品はフィクションです。
実在の人物・団体・事件などにはいっさい関係ありません。

目次

口絵・本文イラスト／兼守美行

その店は看板がない。間口は狭く、ドア一枚とすぐ隣の幅二メートルに満たない程度のディスプレイウィンドウだけ。腰から上の高さにあるウィンドウにはダークブラウンとアイボリーのシルクの布をバックに、キューバ産の葉巻と灰皿。十九世紀のイギリスの風俗を書き記した書物は当時のもの。

その横にあるスコッチのウィスキーボトルもまたかなりの年代もので、オークションにかければ驚くべき金額がつく一本がバカラのグラスとともに並んでいた。どれも男心を擽《くすぐ》るアイテムで、今は秋の夜長のイメージで飾られている。

すぐ横の飴《あめ》色のマホガニーのドアの上半分はスリ硝子《ガラス》になっていて、金色のアルファベットで「The Barber Kisaragi」の文字。

ここは、如月雅春《きさらぎまさはる》が二年以上前にオープンした男性客専門の会員制理容室である。評判は上々で口コミで客が客を呼び、近頃は新規会員を受けつけるのが難しくなっている。従業員は春先に店を改築したのと同時に二人増やして、現在は雅春を含めて六名となった。

「ハルさん、今日のスケジュールもかなりタイトなんですが大丈夫でしょうか」

タブレット型端末を片手に今日の予定の過密具合を案じているのは、「ハル」こと雅春の右腕といってもいい石野文也《いしのふみや》だ。実直で何より美容の仕事を愛していて、なおかつハルの経営理念のよき理解者でもある。

「今日からトモとコージにも一人でお客様についてもらうことにした。前もってその件は伝えてある。最後はわたしがチェックに入るから問題はないよ」

これまではハルと文也の二人が主に顧客の施術にあたっていた。トモとコージはアシスタントとして、それぞれハルと文也についてきた。

それ以外ではお茶の用意や店の雑事などを担当していたが、ここにくる以前も理容師として五年以上の経験がある。そして、ここでの二年はおそらく他の店の倍の経験に値する。それほどに美容のあらゆる技術と接客において、一から徹底的に叩《たた》き込んできた年なのだ。

二人ともよく辛抱したし、精進してきたと思う。そんな彼らにもそろそろ客への施術をまかせても大丈夫だと判断したのだ。

ハル自身もそうであるように、文也もまたこの世界で生きていくことに揺るぎない誇りと自信を持っている。そのために日夜努力は惜しまない。鋏《はさみ》や剃刀《かみそり》は己の指の延長であり、持てる技術をそそぎ込み常に完璧《かんぺき》を目指す。

その信念はこの店のユニフォームにも象徴される。ここでは全員がスーツ姿で顧客を迎え、そのままの格好で施術にあたる。スーツを汚すようでは一人前とは認められない。「The Barber Kisaragi」はそういう店なのだ。だからこそ、トモとコージにもそのことを肝に銘じていてもらいたい。

「まずは自信を持つこと。そして、ゆっくりきちんとお客様とお話をすること。何を望まれているのか、しっかりと理解していれば、技術的な問題はないのだから大丈夫だよ」

文也にトモとコージを自分の事務所に呼んできてもらい、緊張した面持ちの彼らにハルが笑顔で言った。そして、トモの濃紺のスーツの襟元をすっと手のひらで撫《な》でてやり、コージのドット柄のポケットチーフの先端の向きを直してやってから、二人の肩を軽く叩く。

「あとは笑顔ね。トモは大谷《おおたに》様を十一時から、コージは午後の一時から野口《のぐち》様をお願いするよ」

最高の技術とサービスを売りにしている分、施術料金はけっして安い設定ではない。また会員制ということでプライベートを重視したサービスを行うこともあり、顧客の職業は様々ながら華々しい。

トモが担当することになる大谷はＩＴ関連企業のトップで、業界ではなかなかの有名人だ。

また、コージを以前から気に入っていて今回指名してくれた野口は、舞台を中心に活躍している中堅俳優だ。

彼ら以外にも政財界の大物と呼ばれる人々や芸能関係者は数多く、なかにはSPをつけて訪ねてくる客もいれば、異国の要人が会員の紹介を受けてお忍びでやってくることもある。

「で、文也の予定は？」

ハルは店長として、従業員の一日の予定はすべて把握しておかなければならない。文也もまた今日は忙しい一日となるはずだ。

「僕は十時から高橋《たかはし》様のラグジュアリーコースに入ったあと、午後には芳川《よしかわ》様と上野《うえの》様……」

急ぎのヘアカットコースだけで入る客を入れて五名の担当をすることを告げて、最後にタブレット型端末のモニターから視線を離して言った。

「七時から福井《ふくい》様にオリジナルコースでご予約いただいています」

「福井様……」

思わずその名前を呟《つぶや》いて、ちょっと考えてしまったのは他でもない。

福井というのはこの店では少々毛色の変わった客といえる。彼は政財界の人間でも芸能関係者でもない。湾岸《わんがん》署の捜査一課の刑事である。それも、まだ二十六歳という年齢で、歳より若く見える文也よりも一つ若い。

そんな彼がこの店の会員になったのは、以前にハルがかかわった事件がきっかけだった。もっとも、かかわったというより、あの事件はハルに勝手に入れあげていた店の客の一人が殺害され、その犯人として疑われただけのことだ。

むしろ、ハルは被害者といえる立場であり、結果的には真犯人逮捕に協力したとして、湾岸署からは非公式に詫《わ》びと礼を受けている。

福井はその事件を担当した刑事の一人だが、実質的に犯人を追い詰め逮捕したのは福井の先輩で職務上のパートナーである正田《しょうだ》という刑事である。

(そういえば、あの人何をしているんだろう……)

トモとコージはすでに事務所を出て、客を迎えるための準備をしている。だが、文也だけはまだそばにいてハルの今日の予定を読み上げてもいいものかどうか、ちょっと困った表情になっている。

「あの、ハルさん……?」

「あっ、ごめん。ちょっと考え事をね。で、わたしの予定は?」

仕事中だというのによけいなことを考えてしまい、内心自分自身を叱責《しっせき》して文也に予定を確認する。文也も忙しいが、ハルも今日は予定が詰まっている。さらに、トモとコージのフォローもしなければならない。ぼんやりしているわけにはいかないのだ。

開店して間もなく三年を迎えようとしているこの店は、今が正念場だった。順調に増えていく客に浮かれることなく、さらなる技術の向上とサービスの充実を徹底していかなければならないと思っている。

一流と呼ばれるためには、一流であるための努力を一瞬たりとも怠ってはならないのだ。それがハルの信念であり、「The Barber Kisaragi」のあるべき姿なのだから。

文也は今日の予約が入っているハルの顧客とそれぞれのコース名を告げて、最後に一礼をして部屋を出ていこうとした。が、ドアを閉める前にチラリとこちらを見て言った。

「あの、福井様に……」

だが、言葉が途切れた。ハルが必要ないよと片手を挙げて遮ったからだ。文也が何を言おうとしていたかはわかっている。だが、本当にそれをしてもらう必要はない。というより、今はまだしてもらいたくない。

そもそも、「またな」と言ったのはあの男だ。だったら、ちゃんと連絡してくればいい。それをしないまま放っている男を待っている自分も自分だとは思う。だが、相手を追うのは得意なほうではない。傲慢《ごうまん》と言われても、これまで追われたことしかないのだから仕方がない。

それなのに、あの男ときたら自分をいつまで待たせる気なのだろう。そう思う反面、やっぱりただ指を銜《くわ》えて待っている自分が馬鹿なのだと思う気持ちもある。

なにしろ、相手は正田である。彼は福井のような若造がコントロールできる男ではない。いくら福井の祖父と父親が警視庁のエリートで、本人もまたその道を歩む人間であっても正田にとっては関係ない。

あの男は己の信じる正義の名の元に、国家権力でさえ利用している。つまりは、この世の悪を放置しておくのがいやなのだ。そして、そんな男とかかわりあいを持ってしまったハルもまた、己のペースを崩されまいと笑顔の裏に少しばかり苛立《いらだ》ちを覚えている。

それを文也に見抜かれるなんて、まだまだ自分も甘い。もっとも、そういう目端のきく人間だからこそ、文也を信頼して己の右腕としているのだが、色恋沙汰《ざた》にまで彼の心配りは遠慮しておきたい。

いずれにしても、今日はトモとコージにとってはこの店におけるデビューともいえる大切な日なのだ。彼らが己の腕に自信を持ち、これから贔屓《ひいき》にしてもらえる客が一人でも増えるようハルもしっかりと後押ししてやりたい。

文也が部屋を出ていったあと、ハルは壁にかけた鏡に己の姿を映し今一度気を引き締める。そのとき、デスクの上の携帯電話がメールの着信を知らせた。

一瞬、彼からかもしれないと思いすぐさま手に取ったが、表示は正田ではなかった。モニターをタッチすると、それはハルにとってはもう一人の大切な存在からのメールだった。

『今夜会えるかな?　君が恋しいよ』

アルファベットのMだけが表示されるそのメールの送り主は陳昌光《ちんまさみつ》といい、ハルにとっては父であり母であり、兄であり恋人であり、初恋の相手でもありこの店のスポンサーでもある。

中国《ちゆうごく》籍を持ち、香港《ホンコン》で育ち、英国《えいこく》と日本《にほん》で教育を受け、現在は世界を股にかけて企業買収を生業《なりわい》としている。M&Aの世界で彼の名前を知らぬ者はいない、アジアでは「白虎《びやつこ》」、北米では「ホワイト・タイガー」の異名を持つ男である。

世界の長者番付の上位に名を連ねる陳とハルの関係はあまりにも長く深いため、言葉で簡単に説明してすぐに納得できる者などいないだろう。

それ以前に二人の関係を知る者のほうが少ないというのが現実だ。だが、世界の「白虎」は日本で苦学している頃に人生に挫折《ざせつ》しかけ、国籍を同じくするハルの祖父に励まされて一念発起した過去がある。その後もハルの祖父は亡くなるまで陳のよき相談相手であったのだ。

ハルの祖父が陳と国籍を同じくするということは、すなわちハルにも中国人の血が流れているということである。日本で生まれ育ち、日本人の名前を持ち、日本で教育を受けたのは、中国人の父親が日本人の母親と結婚し、帰化して日本人となったからだ。

それでも、中国からやってきた祖父の話を聞きながら、ハルは自分の体に流れる中国人の血を意識しないではいられなかった。特に、ハルの心を大きく動かした祖父の言葉がある。

『中国人は三把刀《さんぼとう》があれば、世界中どこに行っても暮らしていけるんだよ。料理人の包丁、裁縫人の鋏、理容師の剃刀の三つだ。理容師は鋏も使うがね』

祖父は大陸にいたとき理容師として鋏一本で働き続け、息子を学校に通わせて日本の大学まで留学させた。その息子は日本人の妻を娶《めと》り、日中の貿易会社を興しりっぱな企業家となった。だが、ハルは日本の大学で経済を学びながらも、父の会社を継ぐよう決められた人生に疑問を持った。祖父からもらった鋏を宝物として育ち、いつしかこの鋏で生きていきたいと思うようになったのだ。

両親の反対は必至だった。それでも、ハルはこの道を選んだ。おかげで祖父が他界した今も、両親とは距離を置いたままだ。そんなハルの後押しをし、スポンサーとなり力を貸してくれたのが陳だった。

『ハルのお爺様と出会っていなければ今のわたしはない。だから、ハルに対してはできるかぎりの援助はするつもりだよ』

そんな言葉どおり、陳の多大なサポートを受けてハルは自分の信じる道を歩いてきた。そして、彼との関係はそれだけではない。彼は文字どおりハルにとって肉親以上の存在であり、初恋の相手であり、肉体の快楽をこの身に教えてくれた最初の男だった。

今年で五十半ばになる陳だが、結婚はこれまでに一度も考えたことがないという。そんな彼はハルが十六のときに初めてこの体を抱いて以来、ずっと深い愛情をそそぎ続けてくれている。

だからといって、ハルを縛ることもしない。これまでにも何度か恋人を作ったときには必ず陳にも紹介してきたし、彼はその存在を快く受け入れてくれた。

そして、そんな恋人たちと別れたあとには、また優しく慰めてくれる。常に自分を包み込んでくれる大きな存在がハルにとっての陳であり、陳にとってハルは自由に飛び回りながらも指先に止まりに戻る小鳥のような存在なのだと思う。

けれど、近頃はそんな自分のあり方に少しばかり疑問を持っている。陳のことは相変わらずとても大事な人だと思っているが、彼に抱かれることに少しばかり抵抗を感じている自分がいる。そんなことは今まで一度もなかったのに、どうしてなのかよくわからない。

（正田さんのことが気になっているからだろうか……？）

でも、誰かと恋をしたのはこれが初めてじゃない。そう思ってから、ハルは今一度考える。これは本当に恋なのだろうかと。

ハルは正田のことを気にかけている。多分気に入っている。きっと心が傾いているのだと思う。けれど、あの男はどうなのだろう。そして、また彼が最後に自分の目の前から去っていったときのことを思い出す。

『じゃ、またな』

あれから夏の間に何度か電話のやりとりがあり、その後すでに三ヶ月以上が過ぎていた。なんだか心が痛い。こんな気持ちは初めてだった。

ハルは陳へのメールの返事を短く打ってから、鏡の前に立ち身だしなみをチェックして店に出る。時刻はちょうど十時。「The Barber Kisaragi」の開店時間だった。


今夜最後の客となった福井が、担当した文也に見送られて玄関先に向かうところだった。そのとき、ハルもちょうど自分の最後の客を外まで見送って店内に戻ってきたので、文也と楽しげに会話をしている福井に一礼をして声をかける。

「福井様、お疲れ様でした。少しでもリラックスしていただけましたでしょうか?」

ハルの言葉に福井はピカピカになった爪を持ち上げて眺めてから、その指でトリミングしての眉を撫でて言う。

「ええ、おかげ様ですっきりしました。ここにくると本当にひとときでも仕事の憂さを忘れますよ。文也さんが淹《い》れるハーブティーも美味《おい》しいですしね」

客なのに福井の文也に対する言葉遣いが丁寧なのは、自分のほうが一つ年下だと知っているからだ。文也は二十七歳という年齢にしては若く見える。童顔なうえ、いつも柔和な笑みを浮かべている穏やかな雰囲気のせいだ。

福井自身も裕福な家庭で生まれ育ち、苦労知らずの人の好さが滲《にじ》み出ている面持ちなので、彼ら二人が並んでいるのを見ると、ハルはいつも絵本のお地蔵様が仲良く並んでいる姿を思い出してしまう。

「そう言っていただけると何よりです。お仕事は相変わらずお忙しいんですか?」

それは何気なく儀礼的にたずねた言葉であって、彼の相棒である正田のことを聞き出そうという下心はなかった。

ところが、福井は仕事のことを思い出したのか似合わぬ気難しい顔になる。そして、周囲を見回して人がいないことを確認すると、急に声を潜めてハルと文也に向かって話し出す。

「今、世間を騒がせている連続通り魔事件ってありますよね」

「確か一昨日三人目が刺されて重傷を負ったという、あの事件ですか?」

文也が恐ろしげに顔色を曇らせて言うと、福井が深刻な表情で頷《うなず》いてみせる。

「もしかして、あの事件を担当されているんですか?」

「そうなんですよ。一人目と二人目がうちの所轄で刺されているんですよ。で、うちの署に捜査本部が設置されちゃったんですよね」

福井はちょっと迷惑そうに言うと、重い溜息を漏らしている。

「それで、ここのところずっと正田先輩と地取りの最中なんですけど、あの人いつもどおり気がつくといないんです。本当に単独行動が好きで参ってしまいますよ。お守《も》りをまかされても、僕にも限界ってものがあります」

福井の言う「地取り」とは聞き込み捜査のことだが、正田がいなくなるというより福井がおいていかれているだけだろう。なのに、「お守りに手が余る」などという言葉を正田が聞いたら、鋭い切れ長の目で福井を睨《にら》みつけ視線だけで射殺してしまいそうだった。

正田が単独行動を好み福井を足手まといに思っているのは事実にしても、一緒に捜査をしているはずの福井はどうして呑気《のんき》にこの店にグルーミングを受けにきているのだろう。ハルと同様に文也もそう思っているようだが、二人はそんなことをおくびにも出さずにっこり笑っているだけだ。

通り魔に遭った三人は、全員がいきなり鋭利な刃物で刺されて重傷を負っている。その場で亡くなっていても不思議ではない重傷を負った者もいる。だが、全員が背後から刺されており、逃げていく犯人がトレーナーのフードを被りサングラスとマスクをしていたため、人相がまったくわからない。

これまでの被害者からの事情聴取でわかっているのは、犯人は身長が百七十センチ前後の若い男ということくらいだった。

街中で突然起こった事件だから目撃者が多いと思いきや、その情報は虚実入り乱れていてかえって犯人像を絞り込めないでいるのだという。

「では、お忙しくされているんですね」

正田から連絡がないのはそういうことなのかと内心納得していたハルだが、福井の口の軽さはよけいなことまで教えてくれる。

「そうなんですよ。今回も現場で雑草なんか見つけちゃって、それが気になるって科捜研に持ち込んでるんです。雑草なんかどこでも落ちてるじゃないですか。あれはきっと、科捜研に行きたいだけなんじゃないかな」

「科捜研ですか？」

科学捜査研究所といえば法医学や心理学、物理、化学などの細かい分野においての研究と鑑定を行う部署だということはハルも知っている。

「あそこには毛利《もうり》さんがいるから、すぐに会いにいっちゃうんですよねぇ」

「毛利さん……？」

湾岸署の正田や福井の上司の名前や婦警の名前はときどき耳にすることがあったが、科捜研の毛利という名前は初めて耳にする。

「そうなんですよ。正田さんって、普段はすぐに一人で勝手に出ていくんで『捜査一課の野良犬』って言われているのに、科捜研じゃ『毛利の飼い犬』って陰口叩かれちゃってるんですよ。まったく、自分の先輩とはいえ情けないったら……」

福井はさも呆《あき》れたように、両手を大仰に広げて首を横に振りながら笑っている。こういうことを正田がいないところでだけ言うのなら感じが悪いが、福井の場合正田本人の前でも同じような軽口を叩く。要するに、本人はありのままを語っているだけで、まったく悪気がないから憎めないのだ。

だが、それだけに福井の言葉をハルは深読みしてしまう。あの男が「飼い犬」呼ばわりされても会いにいく毛利とはどんな人物だろう。もちろん、仕事絡みのこととはいえなんだか気になってしまう。

「まぁ、科捜研通いも仕事のうちですけどね。じゃ、僕も一度署に戻らないと……」

仕事帰りに店に寄ったのかと思いきや、どうやら仕事の合間にリフレッシュしにきていたらしい。都民の公僕なら真面目に働けという言葉は呑み込んで、ハルと文也は大切な客を表まで見送りに出る。

「では、お仕事大変でしょうが、体調にはお気をつけて。またのご来店をお待ちしております」

文也が深く頭を下げて言った。隣でハルも一礼をする。二人に手を振り帰っていく福井は、とても凶悪な殺人犯を追っているとは思えないようなのんびりとした足取りだ。そんな彼が一瞬何かを思い出したように足を止めて振り返る。

「あっ、そうだ。先輩にハルさんは元気だと伝えておきますね。でも、先輩のほうは身だしなみも体もボロボロですけどね」

それは、満面の笑顔で言うことなのだろうか。とりあえず正田の近況を聞けたものの、気がきくのか天然なのか本当に奇妙な男だと内心苦笑が漏れる。

「なんだか不思議な人だなぁ……」

ハルの感想をそっくりそのまま文也が呟く。接客のプロとして、二人はあらゆる職業の客を相手に施術をしてきた。社会でそれなりの成功をおさめている人間の中には、癖のある人物も多い。むしろ、人とどこか違うからこそ成功を手に入れてきたともいえるだろう。なので、福井のように裏も表もない人間はハルたちにとってはかえって珍しい存在だった。

「福井さんにもう食事くらい誘われたの？」

ハルが店に戻りながら文也に訊いてみる。正田の近況を知らされて安堵《あんど》はしないが、とりあえず忙しくしていることはわかった。それはともかく、実は福井と文也のことも少しばかり気になってはいるのだ。すると、謙遜《けんそん》とも本音ともつかない笑顔で文也は言う。

「まさか。福井様はいいお客様ですが、個人的に僕に興味をもたれているとは思えませんけど……」

福井はこの店の会員になるとき、文也を担当に指名した。これは単なるハルのカンだが、おそらく彼は施術の腕だけでなく文也自身のことが気に入っているのだと思う。だが、仕事以外の時間で誘いを受けるようなことは今のところないという。

（まぁ、無理もないか。そっち方面は晩生《おくて》そうだし……）

そもそも、福井が生粋のゲイとは思えないから、同性に惹《ひ》かれるのは文也が初めてかもしれない。だが、文也自身はどうなんだろう。

従業員のプライベートには必要以上に踏み込まないようにしているものの、文也はハルにとって右腕であり、弟のように可愛《かわい》がっている存在だ。それというのに、いまいち彼のことはわからないことが多いのだ。

美容に関することには研究熱心で好奇心も旺盛だし、常にアンテナを高くして接客に必要な時事関連の情報量も多い人間だ。そんな彼の住んでいる場所や出身地、家族構成やこれまでの経歴は当然ながら履歴書などで知っているが、それ以外のことはほとんど何も知らない。

週に一、二度帰りに一緒に食事をして軽く飲んでいくこともあるが、恋人の話や今はまっているという趣味の話もあまりしない。

実は、自分の一番身近にいる人間が一番謎《なぞ》なのかもしれないと思っていると、文也は一日の仕事を無事終えた安堵に一つ大きく肩で息をついてからハルを見る。

「それより、心配ですね。なんだか物騒な事件を担当しているようですけど、正田さんは大丈夫でしょうか？」

急に正田のことに話を振られて、ハルは小さく肩を竦《すく》めてみせる。

「犯人を追うのが刑事の仕事だし、危険は承知のうえだろうから」

「でも、福井様と違ってあの方は無茶をしそうですよね」

「確かに、福井様は無茶はしなさそうだね」

二人して顔を見合わせて思わず小さく噴き出した。大切な会員で客なのだが、なぜか福井に対してはちょっと冗談を言いたくなってしまうのだ。そして、ここだけの話と唇に指を立てて店の後始末に戻る。

店内では、今日初めて一人で客の施術にあたったトモとコージがまだ興奮の冷めない様子で後片付けを始めていた。そんな彼らにねぎらいの言葉をかけてからハルも自分の道具を片付け、事務処理のため奥の部屋に入る。

それにしても、昨今ニュースや新聞を騒がしている連続通り魔事件を正田が担当しているとは思わなかった。きっと福井の言うように、今頃は身だしなみどころではなく、睡眠時間も削って捜査に追われているのだろう。

あの美術室の石膏像《せっこうぞう》のように美しい骨格と彫りの深い目鼻立ち、意志の強さを漂わせている視線とやや厚めの色っぽい唇がハルの脳裏に浮かぶ。磨けばうっとりするような美貌《びぼう》が、寝不足と疲れできっと悲惨なことになっているはず。

また、長身で薄く筋肉の張りついたバランスのいい体軀《たいく》は、一流のスーツを着せたら男性ファッション雑誌のモデルにしてもいいくらいだ。なのに、いつも身につけているのは安物の吊《つ》るしのスーツに数千円程度のネクタイ。それもきちんと締められていたためしがない。

くたびれた正田の姿を見ると、猛烈に理容師としてのプロ意識がかき立てられる。この手で最高の男にしてやりたい。そんな衝動に駆られてどうしようもない。これまでも何度か理由をつけてグルーミングしてやったものの、次にハルの前に現れると必ずといっていいほど元のくたびれた男に戻っているのだ。

半日でもいいから店に閉じ込めて、あの男を撫で回してやりたい。そして、その姿を存分に眺めてから、口づけをしてあの少し尖《とが》った顎《あご》に嚙《か》みついてやりたい。

ハルの中の欲望は妄想となり心をかき乱す。ここまで気持ちを奪われてしまうなんて、なんだか自分が情けなくなる。と同時に、いくら忙しいからといって顔も見せなければ、声も聞かせないあの男が本当に憎らしい。

けれど、自分たちの関係はいったいなんなのかと考えたとき、答えは未だに出ていない。体を重ね、口づけをしておきながら、いい大人が今さら友人もないはずだ。だからといって、互いのことをわかり合っている約束を交わした恋人同士とはとうてい言えない。こんな宙ぶらりんの状態は苛立ちが募り、胸が苦しいばかりだった。


その日の夜、店の事務処理を終えたハルは真っ直ぐ自宅へ戻らずタクシーを拾う。行き先は都心の外資系ホテル。その最上階で暮らす天上人に会いに行くとメールで約束をした。

オーセンティックな佇《たたず》まいのホテルの正面入り口の前でタクシーを降りると、顔馴染《なじ》みのベルボーイが丁寧でいて親しみのある挨拶《あいさつ》を寄こす。そんな彼の案内でエレベーターまで行って、開かれたドアに入り恭《うやうや》しいお辞儀に見送られる。

一気に最上階まで上がる高速エレベーターの中でハルは小さな溜息を漏らす。近頃は陳の呼び出しが頻繁だ。陳に会えばハルの心はほんのひととき慰められる。両親や亡くなった祖父以外で、これほどまでに無償の愛を自分にそそいでくれる者など他にはいない。けれど、そんな彼のそばにいて甘えている自分が近頃はなんだか虚《むな》しいのだ。

本当に欲しいものは手に入っていないのに、このまま待ち続けている自分でいいのだろうか。

エレベーターのドアが開き、長い廊下を陳の部屋に向かって歩く。

大きなドアの前に立ちいつものようにインターフォンを押せば、見慣れた男が出迎えてくれる。陳に長年仕える秘書は寡黙な男で、感情をその顔に出すことはない。

リビングからさらに奥の部屋に向かうハルを秘書はその場で見送る。ハルが訪ねているとき、彼が陳のプライベートルームにやってくることはない。

ドアをノックして陳の返事を待つ。だが、今夜は彼の声がする前にドアが開いた。陳自らがハルを出迎えてくれ、手を引いて部屋へと招き入れる。

「昌光さ……」

名前さえ呼び終わらないうちに彼の唇が重なってくる。もう知り尽くした唇だった。もちろん、陳のほうも舌の動き一つでハルを高ぶらせる術を知っている。でも、そんなふうになりたくなかった。ハルはゆっくりと彼の胸に両手をあてて、そっと体を引き離す。

「ハル、どうしたんだい?」

「今日は店がとても忙しくて、少し疲れているみたいです」

彼の愛を拒むつもりはないけれど、近頃は体をあずける気分にはなれないのだ。すると、陳は少し寂しそうな表情になって、もう一度口づけを求めてくる。けれど、今度は情熱的なキスではない。啄《つい》ばむような優しいキスだった。

「店の経営は順調のようだね。あの店はハルの夢だから成功は大いに喜びたいところだが、わたしの可愛い坊やの疲れた顔を見るのは辛《つら》いよ」

そう言うと、陳は大きな手のひらでハルの頬を撫でてくれる。そして、ハルの髪に指を通すようにしてから、額に唇を押しつける。

「髪型を少し変えたんだね。よく似合っているよ」

近頃はすっかり秋めいてきたので、カラーのトーンを少し落としてみた。カットはいつもどおり文也に頼んでいるが、今回は襟足を長めにして、毛先の癖をよりはっきりと出るようにしてもらった。

やわらかいウェーブは母親譲りで、頬に沿わせるように下ろすとフェミニンな印象になる。もともと色白の女顔なので必要以上に女性的に見せようとは思わないが、なぜかこの秋は柄にもなく女々しい気分だったのだ。

それもこれもみんなあの男のせいだとわかっている。そして、陳の手を快く受け入れることができないのもまたそれが理由だった。

「昌光さん、ごめんなさい……」

会いにはきても、抱かれる気持ちになれない自分を詫びてしまう。それでも、陳は優しい笑みとともに、その大きな胸の中に包み込んでくれる。

すでに五十半ばとはいえ、充分に若々しくたくましい体と肌艶《はだつや》のいい整った容貌。目尻の皺《しわ》とわずかにグレイヘアが混じった豊かな髪が、彼という人間をより知的で魅力的に見せている。中国人でありながら、ハルさえもよく知らない彼の複雑な幼少時代を考えると、西洋の血が混じっていても不思議ではないと思う。

彼の愛の中で溺《おぼ》れるように生きてきた。恋人ができたときでさえ、陳の存在は揺るがなかった。ハルにとって彼はあまりにも特別すぎて、誰かと比較することなどできなかったのだ。それなのに、今はその陳の温もりの中にいても心が寒い。

「何か飲み物を用意しよう。体と心が温まるものがいいだろう」

明日も仕事があるのであまりアルコールの強いものは避けたかった。そんなハルにぴったりのグリューワインを用意してくれて、陳自身はブランデーを飲みながらたわいもない話をする。

二人きりで過ごした南国のリゾート地でのこと、冬に新雪を踏むためだけにヘリで信州まで飛んだこと、所有している植物園で新種のバラを育種して「ハル」の名前をつけてもらったことなど、二人だけの思い出は数え切れないほどある。

この先も二人の時間は途切れることはない。そうとわかっているのに、何かが胸に詰まっているように苦しいのはなぜだろう。

「ハル、君はまだわたしのものかい？」

陳はいつ会ってもそうたずねる。答えはわかっているはずなのに、まるで陳もまた何かに不安を感じているかのようだった。

「もちろんです。命が尽きるまで、わたしはあなたのものですから……」

その言葉に嘘はない。陳との関係は誰にも理解してもらえなくても、世の中にはこういう愛の形もあるのだとハルは信じている。誰に抱かれても、誰に心奪われても、陳と自分は魂の部分で繋《つな》がっている。

だから、体を重ねなくても、触れ合っているだけでいい。ハルは陳の温もりに満たされ、ひとときの甘い時間に癒《いや》されながら短い夜を過ごした。

◆◆

その夜、陳の部屋を出たのは深夜過ぎ。近頃は以前より頻繁に会いにいくが、ベッドをともにすることなく日付が変わった頃に自分のマンションに戻ってくる。

陳は寂しそうな顔をしてみせるが、世界の経済を左右するマネーゲームがあるかぎり、彼が心底退屈することなどないはずだ。ハルは陳にとってきれいな水槽で飼っている、赤い金魚のようなもの。ときには裏庭の池に放って自由に泳ぎ回るのを眺め、疲れて戻ってくればまた水槽で愛《め》でてやればいいと思っていることも知っている。

だから、ハルは陳にとって愛らしい金魚でいて、ときに「坊や」などと呼ばれていることも構わない。けれど、彼ではない男にとってはそんな存在ではいたくない。

陳ではなく、ハルにとっては危険な香りのする男。福井は「捜査一課の野良犬」と言った。科捜研では誰かの「飼い犬」呼ばわりされているとか。

だが、ハルにとってあの男は都会を一匹で生き抜く狼《おおかみ》のような男。地べたを這《は》いずり回ることもできれば、相手が誰であろうと必要ならば飛びかかっていく。己の美貌などないがしろにしながら、精神の強さが彼という人間を支えているのだ。

マンションの近くでタクシーを降りて、通りを吹き抜ける秋風に髪を嬲《なぶ》られながらあの男を思うほどに心がせつない。そして、ハルが今日何度目かわからない小さな溜息を漏らしたときだった。

「よぉ、久しぶりだな」

いきなり背後から聞き覚えのある声がした。ゆっくりと振り返ると、そこには狂おしいほどに会いたいと思っていた男が立っている。

「正田さん……」

彼の名前を呟きながら思う。やっぱりこの男は夜が似合う。それも、冷えた空気をまとって闇に溶けるように立つ姿がたまらなくいい。ハルはゆっくりと正田に近づいていくと、にっこりと店での営業スマイルを浮かべてみせた。

「どなたでしたか？　どこかで会った記憶はあるんですが、あまりにも昔でよく思い出せません」

正田は苦笑を漏らしている。

「名前を呼んでおきながら、その言い草かよ。でも、心配すんな。抱かれりゃ思い出すさ」

そんな傲慢な言葉は誰にも聞かされたことがない。殺してやりたいほどに、憎らしくて愛しい感情が込み上げてくる。

すぐそばに立って、すっかりくたびれた正田の姿を足元から頭のてっぺんまで見上げていく。思わずこれまでになく大きな溜息が漏れてしまったのは、せっかくの美貌をここまで台無しにしてしまう男に呆れているからだ。

磨き立てたい。髪から足の爪の先まで、裸に剝《む》いて最上級の雄に仕上げてやりたい。でも、その前に抱かれたい。欲望の衝動が抑えきれない。なのに、口では裏腹のことを言ってしまう。

「わたしが野良犬に抱かれるとでも?」

「誰が野良犬だ。そっちこそ、陳に飼われた『坊や』のままか?」

「大事なスポンサーなんです。あなたにとっての国家権力のようなものです」

「ふざけんな。俺は国家権力を私的に利用した覚えはない。ましてや国家権力と寝たりするかっ」

憎まれ口の応酬は、思い出せば出会ったときからだ。

「嘘つき……」

「嘘じゃないっ」

ハルを睨む目はいつもほど鋭くはないが、眉尻はしっかり上がっている。

「でも、連絡もくれなかったじゃないですか。もう、すっかり季節が変わってしまいましたよ」

ハルが急にしおらしく呟いて、この数ヶ月放っておかれて恨みがましく思っていたことを視線で訴える。同時にヨレヨレのスーツの胸元にそっと頬を寄せてやると、頭上から正田の舌打ちが聞こえてきた。

それを聞いて、ハルは内心ほくそ笑む。きっと先にハルが折れたので、自分から詫びるタイミングを失ったのだろう。しばらく口ごもっているのをいい気味だと思っていたが、そのうち彼の手がハルの体を抱き締めてきて心が簡単に溶ける。

「部屋へ……」

そう一言だけ呟いて、正田をすぐ目の前の自分のマンションへと招く。部屋に入ると、二人はもう夢中だ。他のものなど何も目に入らない。唇を重ね、舌を絡め合い、互いの体をまさぐりながら寝室へとなだれ込む。

「あぅ……っ、もっと、もっとキスして」

唇が離れるたびにハルがねだる。同時に、安っぽいスーツの上着を脱がし床に投げ捨てる。正田はキスをしながらハルの仕立てのいいジャケットを引き剝《は》がし、シャツのボタンを苛立たしげに外していく。

正田のズボンのベルトを引き抜いて前を開いてやると、うっとりするくらいすでにいきり立ったものがそこにあった。これが欲しかったのだと、ハルの体がゾクゾクと震える。この男はハルをこんなにも淫《みだ》らな人間にしてしまう。

ベッドに倒れ込んで上になり下になり、何度も抱き寄せ合い唇を貪《むさぼ》り、互いの裸体を存分に撫で回していたときだった。ハルが上になって正田のたくましい体に跨《また》がり、にっこりと微笑《ほほえ》みながら彼の首筋に自分の鼻先を擦りつけた。

正田はハルが甘えているのだと思ったのか、髪を大きな手で撫でながらもう片方の手を腰に回してきた。だが、ハルは甘えていたわけではない。探っていたのだ。

そして、笑顔のまま正田の勃起したものを片手で摘み上げ、ベッドのサイドテーブルの引き出しに手を伸ばす。コンドームを取っていると疑わない正田が、似合わないニヤニヤ笑いとともに言う。

「焦んなよ。どんだけ飢えてたんだ？」

「そりゃ、もう殺してやりたいくらいにね」

ハルはそう言うなり、引き出しから取り出したのは愛用の鋏だった。一瞬、正田の顔が強張《こわば》る。そして、その刃先で彼自身をそっと撫でてやると、途端にそれが力を失って彼の美貌が青ざめている。

「お、おいっ、冗談がすぎるぞっ。クソッ。萎《な》えちまったじゃねぇかっ」

「冗談じゃありませんよ。じらすだけじらしておいて、人の部屋にくるのに他の男の香りをつけてくるなんて、本当に憎らしい男」

「はぁ？　他の男？　なんの匂《にお》いだって？　わけがわからん」

正田は本気で焦って両手を伸ばし、ハルから鋏を取り上げようとする。だが、ハルはその手を高く上げたまま、自分の股間《こかん》を押しつけるようにして馬乗りになった正田の太腿《ふともも》の上で詰問を続ける。

「捜査だなんて言って、また容疑者にいい男でもいたんじゃないんですか?」

「馬鹿かっ。容疑者に手をつけるかっ」

「わたしにはつけたくせに……」

「おまえは容疑者じゃなかっただろうがっ」

「最初は疑っていたじゃないですか」

「その件は、詫びを入れただろう。っていうか、なんで男と決めつける?」

「このシトラス系の香りは、某ブランドの男性用のコロンですよ」

なんとも不毛な会話だが、ハルとしては腹の虫がおさまらないのだ。だが、そんな会話の途中、正田がハッと何かを思い出したように上半身を起こした。

「わかった。それは、あれだ。つまり、今日は科捜研に行ったから、そこでついたんだ。多分……」

「へぇ。近頃の科捜研では、コロンをつけるような洒落者《しゃれもの》がいるんですか?」

そのとき、福井の言っていた「毛利」という名前がハルの脳裏を過《よ》ぎる。正田は誤解を解くために口にした言葉かもしれないが、ハルにしてみればよけいに気になってしまう。

「とにかく、その鋏を寄こせ。そんなもん振り回して、人のイチモツ切ってみろ。昭和《しょうわ》を代表する猟奇事件の向こうを張ることになるぞ」

「それなら今は平成《へいせい》ですからね。切られて殺されたのが刑事で、男同士の情事の最中ですから、かなりヴァージョンアップしているでしょう？　大丈夫、切ったものは大事に布にくるんで持っていますから。ああ、そうだ。剃刀でイニシャルを彫っておきましょうか。そうすれば、鑑識にもすぐに元の持ち主が特定できますものね」

親切でしょうとばかり鋏を片手にして満面の笑みを浮かべるハルは、充分猟奇的に見えているのだろう。そのとき、正田はほんの一瞬だけ刑事の顔になったかと思うと、ハルの鳩尾《みぞおち》に軽い一発を入れた。

「くふ……っ」

それだけで息が止まり、ハルが上半身を折りかけたとき正田の手が素早く鋏を取り上げる。

「まったく、おまえはおっかない男だな」

そう言うと、取り上げたそれを床に置いて入り口ドア近くまで滑らせるように投げた。鋏は独楽《こま》のように回転しながらドアの前でピタリと止まる。ハルが正田を恨めしそうに睨んでも、彼はちょっと肩を竦めただけだ。

「鋏をオモチャにするなって、理容師だった爺さんに言われなかったのか？」

「言われましたよ。だから、憎らしい男の仕置きに使ってやろうとしたのに……」

力で敵わないことはわかっていた。もしハルが本気で鋏を振り回したところで、どうせこの男には勝てやしない。第一、心がすでに負けている。

「仕置きの必要なんかないって言ってるだろ。二股かけるほど器用じゃねぇよ。ついでに、よそでいいことしてからおまえのところにくる元気なんかない。これでも都民の公僕は忙しいんだ」

その一言で、彼が捜査に追われている中、こうして深夜に会いにきてくれたことを思い出す。途端にハルの表情は柔らかくほころび、体は抵抗を忘れる。正田はそんなハルの体を抱き締めてくるのだ。

「本当に憎らしい人。でも、今夜は許してあげます」

そう言って、甘えるように彼の胸に頬を擦り寄せる。

「ああ、おまえはいい匂いがする。触っているだけで気持ちがいいな」

うっとりとした声色で正田が言った。そして、ハルの体を大きく温かい手のひらで撫で回し、体の隅々まで唇を寄せてくる。指先、足のつま先、股間の先端、どこもハルの敏感なところばかりを巧みに攻めてくる。

「ああ……っ、うう……んんっ。はぁ……っ」

この男の唇と指はハルを啼《な》かせるのが得意なのだ。待ちわびていた自分の恨みつらみを叩きつけてやりたいのに、それ以上にこの男を貪りたくてどうしようもない。

二人は夢中で愛撫《あいぶ》の舌と手を動かしていたけれど、このときも負けたのはまたハルだった。

「あっ、もう、入れてっ。お願いっ。欲しいっ。あなたがいい……っ」

懇願の言葉など、近頃は陳に対しても言ったことがない。なのに、この男はいつまたどこへすっ飛んでいってしまい、いつ戻ってきてくれるともわからない。それだけに、欲しいときにそう言わなければ、ハルの体は飢えきってひからびてしまうだろう。

「入れるぞ。おまえの中を味わいたい」

そう言うと、正田はハルの後ろを濡《ぬ》れた指で慣らし広げ、やがて自分自身を押し込んでくる。近頃誰にも抱かれていないそこは硬くきついはず。それでも、奥へいくほどに柔らかくなると正田がうっとりとした声で呟く。ハルもまた奥を突かれるほどに甘く淫らな気持ちが込み上げてくる。腰が自然と揺れて欲しがる自分を止められない。

「もっと締めつけてみろよ」

それでもまだ正田が煽《あお》ってくるので、望みどおり窄《すぼ》まりに力を込めて正田自身を締めつけてやる。切り取って布にくるんで後生大事に持っている代わりに、目一杯締めつけて唸《うな》らせてやりたい。他の誰よりもいいと言わせてやりたかった。

「うう……っ、クソッ。いいぞっ。っていうか、きついな……」

締めろと言われたからそうしただけだ。今さら文句なんか言わせない。動かせるものなら動かしてみろと思っていたが、正田も負けてはいない。ハルに掠《かす》れた悲鳴を上げさせて、彼自身を乱暴に抜き差しする。擦られる熱さも押し広げられる鈍痛も、何もかもが体と心を疼《うず》かせる。快感が体に渦巻いていて、唸り声を上げたくなるのを懸命にこらえていた。そのとき、正田が一瞬だけ動きを止めて己を解放した。

「チクショー、おまえって奴はたまらない……っ」

当たり前だ。ハルの体をこれほど思いのままにしているのだから、耐えられず果てても当然だ。だが、ハルのほうも同じだった。正田に飢えていた体は辛抱などできなかった。二人して続けざまに果てる。でも、一度で満足できるわけもない。汚れても乱れきっても、なお互いの体が欲しくて仕方がない。

「もっと入れてっ」

「もっと奥まで俺に寄こせっ」

わずかに呼吸を整えたらまた淫らな二人が体を絡め合って、これ以上ないほどに求め合う。

(これは何……?)

この男は自分にとって何者だろう。この男に対する苛立ち、愛しさ、苦しさ、寂しさ、そしてせつなさはどういう感情なのだろう。

誰か助けてほしいと思うほどに、ハルは正田の腕の中で混乱してしまう。正田が何を考えているのか、もっとはっきり教えてほしいのに、この男は体を抱いてもなかなかその言葉をくれない。

「ああ……っ、いいっ、いいっ。もっと、もっと突いてっ」

「クソッ。ハル、ハル……っ」

抱き合ってまた果てた二人は荒い息とともに体を重ね合う。本当にこれは何なのか、誰か教えてほしい。愛とか恋とか、そんな言葉では確かめ合えないような何かだ。

ハルは来年には三十歳になる。この歳までいったい自分はどんな恋愛をしてきたのだろう。恋人としてつき合った男たちは過去に三人はいる。陳も認めてくれた存在だった。けれど、こんなにも体と心が熱くなって我を忘れてしまうことなどなかったのだ。

正田を特別な存在だと認めればいいのだろうか。そんな甘い考えは、カクテルを飲みすぎて酔っているのと同じではないだろうか。

そんな不安が拭《ぬぐ》い去れず何度も冷静になろうとしてきたけれど、この数ヶ月というもの陳のところへ行っても抱かれることができなかった。彼が無理強いしないことを知っていて、ハルは自分の意志でそれを拒んできたのだ。

理由はどんなに強がったところでごまかしようがない。正田という男がハルの中にいるから。その事実は動かしようがない。二人はベッドの上で汚れた体のまま抱き合っている。この瞬間が永遠であればいいのにと思う気持ちとともに、自分たちはともに意地のようなものがある。二人の意地などつまらないものだとわかっているけれど、この馬鹿げた駆け引きが楽しくもあるのだ。

やっぱり恋愛は奇妙なものだと、こんな歳になってしみじみ思う。あるいは、若い頃と違いただ突っ走るだけではないからせつなくて、また面白いのかもしれない。

二人の荒い息が少しずつ落ち着きを取り戻す。重なったままの胸で互いの鼓動を確かめ合いながら、正田とハルは数ヶ月ぶりの快感に身をゆだねているばかりだった。

「さっきは本気で殺されるかと思ったぞ」

「本気で殺してやってもよかったんですけどね」

ようやく体の欲望が満たされて、気だるい体を重ね合ったまま二人は戯言《ざれごと》を呟いていた。それでも、互いの体に腕を回して甘い時間を過ごしている。明日も仕事だとわかっているが、眠るのがもったいない。少しでも一緒にいて互いを感じていたいのだ。

「でも、殺してしまう前に、あなたについては知りたいことだらけなんです」

「俺の何が知りたい？　知られるほどにつまらない男だとばれて、見捨てられそうで怖いな」

正田は自嘲《じちょう》的な笑みを浮かべてそんなことを言う。でも、ハルは未だに彼の名前の読み方さえ知らない。

「あなたの名前、『剛』という字は『ゴウ』と読んでいいんですか？　それとも、『ツヨシ』ですか？」

「なんだ、そんなことか」

「切り取ったものにイニシャルを彫るとき、下の名前の読み方がわからないと困りますから」

ハルの質問に正田が「勘弁してくれ」と笑って首を横に振る。だが、彼の本名はハルの想像した読み方ではなかった。

「俺の名前は『タカシ』だ。父親がつけた」

母親が虚弱だったため、未熟児として生まれてきた正田が強く丈夫な男になるように願ってつけた名前だという。その願いどおり充分すぎるほどたくましい男に育った正田だが、それでも彼は自分が親不孝だと言っていた。その理由もハルは知りたいと思っていた。それは、すなわち彼が警察に入った理由だった。

「ああ、そういえば、まだ話してなかったっけ。あれは、俺が十歳のときだった……」

正田は取り立てて珍しい話でもないと気軽に語りはじめた。

ハルのほうも接客業が長い。施術の際に何気なく思わぬ話を聞いてしまうこともある。だから、正田の口からどんな話が飛び出したところでハルの心を激しくかき乱すことなどないと思っていた。だが、その内容は想像していたよりもいくぶん衝撃的だった。

正田は十歳のとき、母親に連れられてたまたま立ち寄った郵便局で強盗事件に遭遇したのだという。郵便物を窓口に出している母親のそばを離れ、正田は待合の長椅子に腰かけていた。そのとき、局に入ってきた目出し帽を被った男が、一番そばにいた正田を人質にして金を要求したのだ。

のどかな昼下がり、その当時にはまだ存在した町の特定郵便局で起きた事件だった。犯人の男が拳銃を持っていてまだ少年だった正田を抱きかかえていたため、局員たちも慌ててしまい何もできずに立ち尽くしていた。

ところが、偶然その郵便局にきていた客の中に非番の刑事がいたのだ。彼は犯人を刺激しないよう己の身分を明かすことなく、少年を解放して自分を代わりに人質にしてくれないかと言った。

「犯人も馬鹿じゃない。力のある大人と非力な子どもなら、人質は扱いやすいほうがいいにきまっている」

だが、その刑事もまた知恵を絞り、粘り強く犯人と交渉を続けたのだという。そして、いつ泣き出して手に負えなくなるかわからない子どもより、大人のほうが都合がいいだろうと説得し人質交換をしようとしていた矢先のところだった。

外から強盗事件を察した誰かが警察に通報し、最悪のタイミングで赤色灯を点《とも》しサイレンを鳴らしたパトカー数台が郵便局の前にやってきた。

慌てた犯人が人質の正田を抱えたまま裏口から逃走しようとしたので、刑事は夢中で二人を追った。それを見て、犯人は完全にパニック状態になったのだろう。思わず人質の体を突き飛ばし、持っていた拳銃を構えて闇雲に引き金を引いた。

次の瞬間、一発、二発と正田の耳に弾丸が炸裂《さくれつ》する音が届いた。

「あのときの火薬の匂いと、耳が痺《しび》れるような轟音《ごうおん》は今でもはっきりと覚えている」

だが、その弾は二発とも正田の小さな体ではなく、間一髪で追ってきて正田を庇《かば》うように覆い被さった刑事の体に命中していたのだ。

悲鳴を上げることすらできなかったと言う。自分を庇ってくれた人の体が、血まみれになって痙攣《けいれん》している。死ぬ間際の人間の姿を、わずか十歳の正田はその目にはっきりと焼きつけてしまったのだ。

犯人はもう金も人質もどうでもよくなったかのように、残りの弾をカウンターの内側に向かって発砲し、裏口から逃げ出そうとした。その瞬間、外からドアが開かれ警察がなだれ込んできて、男は五人の警官によって床にねじ伏せられて逮捕となった。

「俺を庇ってくれた人が非番の刑事だったことはあとから聞かされた。俺はあのときの刑事の勇敢さを忘れることはできなかった。母親に連れられていった告別式には、喪主の奥さんが位牌を持って立っている横に、俺と同じ年頃の息子がいたよ」

きっとその刑事は人質にとられた正田を見て、自分の息子のことを思ったのだろう。自分の職務を考えると同時に、人質が自分の子だったらと思う気持ちはあったはずだ。

「そいつ、母親が泣いている横でじっと唇を噛み締めて泣くのをこらえていた。それを見たら、俺も泣いたら駄目だってなぜか思った」

泣くよりもしなければならないことがあると、その頃から正田の胸の中に芽生えた気持ち。自分のために亡くなった刑事がこの世でやり残したことがあるはずだ。それをこの手で引き継ぐことができたらと考えたのだ。

「それで警察に……」

ハルは少し体を起こしてベッドに肘《ひじ》をつき、彼の顔を眺めながら言った。

「親は反対したよ。未熟児で生まれてきた息子が無事に成長しただけでも喜んでいた。おまけに、あんな強盗事件に巻き込まれながらも運よく命拾いをした。それなのに、わざわざ危険な仕事に就くなんて親不孝以外の何ものでもないよな。だが……」

自分を庇って亡くなった刑事に対する尊敬と哀悼の意味だけで、正田は刑事の道を選んだわけではないという。

「俺は乗り越えなければならなかったんだ。あのときのトラウマをな……」

あまりにも衝撃的な「死」との対面。正田は震え立ち竦む少年時代の自分を乗り越えて、自分らしく生きるためにこの仕事を選ばざるを得なかったのだ。

いつなんどき命の危険に晒《さら》されるかわからない職業を両親は賛成してくれなかったが、正田の決意は変わることはなかった。高校を卒業してすぐに警察学校に入り、警官として数年、機動隊員として数年を経て、二十六のときにその才覚と熱意を認められて刑事課に配属となった。今から十年前のことだ。

『始末書なんかティッシュと同じ』

『犯人挙げてなんぼの商売』

というのが、「捜査一課の野良犬」こと正田の口癖らしい。これはもちろん、福井からの情報だ。けれど、それほどに無謀な捜査をやっているかといえばそうでもないらしい。

『死ぬために刑事やってんじゃねぇ』

というのもまた、正田の口癖なのだという。いくら犯人逮捕のためとはいえ、無茶や無謀で命を落としてこれ以上親不孝をしたいとは思っていないのだ。

両親に自分の仕事を認めてもらえない辛さならハルもよくわかっている。自分の興した企業を継がせるために大学で経済を学ばせたのに、ハルが最終的に理容師の道に進んだことを両親は今も残念に思っている。

ただ、ハルの場合は陳という特別な存在があった。常に温かい目で見守り、ときには背中を押してくれた強い味方がいたからここまで走ってくることができた。正田にはそんな存在があったのだろうか。ふと考えて、彼の顔をじっと見つめる。

「なんだよ？」

ハルの視線に気づいて、正田がちょっと怪訝《けげん》な顔をする。自分の思っていることを口にすることもできず、ハルはごまかすようにたずねた。

「で、今は例の連続通り魔事件を追っているんですって？　現場の雑草を集めては科捜研に通っているらしいじゃないですか？　何か気になることでも？」

「おいっ、なんでそんなことまで知ってるんだ？　雑草の件はまだ新聞にも出してないネタだぞ」

焦る正田にハルはちょっと肩を竦めてから、彼の胸に頬を寄せて甘えてみせる。

「わたしには優秀な情報屋が一名いるんですよ」

それを聞いた正田がガバッと起き上がると、ハルの肩をつかみ体を引き離して顔をのぞき込んでくる。そして、ハッとしたように唸って言った。

「さては、福井の馬鹿だなっ。あの野郎。捜査情報をベラベラ漏らしやがってっ」

「安心してください。施術中に聞いたことは外部に漏らすようなことはしませんから。うちはそういう意味でも信用が厚い店なんです」

にっこりと笑うと、ハルは起き上がったついでに正田の手を引いてバスルームに向かう。店ほどではないが、ここのドレッシングルームにもそれなりの道具は揃《そろ》えてある。どうせシャワーを浴びていくのなら、せめて髪と髭くらい整えてやりたい。

ミネラルウォーターのボトルを片手に渋々ついてきた正田は、少しばかり手入れをしただけでうっとりするほどいい男になった。そして、温めのお湯を張ったバスタブの中でもう一度互いの体を貪ってしまった。

とっくに日付が変わり、今日の仕事に出かけるまでわずかな時間しか残っていない。それでも、いい大人が二人して歯止めがきかなくなっていた。

こんな気持ちをもうなんて呼ぼうと構わないけれど、とにかくこの男が欲しい。それだけがハルの偽らざる気持ちだった。

笑顔の下であくびを噛み殺しているのを見破られてはプロ失格だ。右腕の文也にもそれを悟らせまいとして、今日のハルはいつも以上に仕事に集中していた。

だが、閉店の時間がきて表のスリ硝子に黒いブラインドを下ろした途端、疲れがドッと押し寄せてきた。それでも文也たちが後片付けを終えて帰宅するまでは、なんとか気力で頑張った。

その後事務所でパソコンに向かい、今月の収支の確認作業をしていたときはさすがに睡魔に負けて椅子に座ったまま転寝《うたたね》をしてしまった。

ハッと目を覚まして時計を見たら眠っていたのは十分ほどだったが、これでは仕事の能率が上がらない。今夜はさっさと帰宅して、明日は早めに出勤し作業の続きをしようとパソコンをシャットダウンしかけたときだった。

モニターに開いていた画面を順番に落としていくとき、ニュースサイトが出てきてふと何気なく事件の項目に目を通す。

『連続通り魔殺人事件、四人目の被害者』

その瞬間、ハルの目が覚めた。正田が追っている事件で、四人目の被害者が出たらしい。だとしたら、正田も今日は寝不足のうえ現場を駆け回り、とんでもなく疲れていることだろう。昨夜つい無理をさせてしまったことを反省しながら、事件の記事に目を通す。

その内容は、今日の午後、警備会社勤務の男性が横浜《よこはま》駅構内で通りすがりの男からいきなり刃物で背中を刺されるという事件が起こり、その手口の類似性から昨今世間を騒がせている連続通り魔事件と警察は見ているようだ。

被害者は重傷だが、幸い一命をとりとめて現在横浜市内の病院で治療を受けている。容態が落ち着き次第警察が事情を聞いて、連続通り魔事件との関連性を調べるとのことだった。

とりあえず、被害者の命が助かってよかった。もし、彼が犯人の顔を見ていれば、捜査に大きな進展をもたらすかもしれない。正田や福井たちの捜査本部は、きっと今頃色めき立っているだろう。

わずかな安堵感とともにパソコンを落とし、その日は真っ直ぐ帰宅してシャワーを浴びただけでベッドに倒れ込んだ。

昨夜はこのベッドで存分に愛し合った。シーツは替えてしまったが、あの男の残り香でもあればいいのにと思う。そのとき、残り香でふと思い出した。あのシトラス系の香りはどんな男がつけていたのだろう。

嗅覚《きゆうかく》にかぎったことではないがハルの五感はとても敏感で、自分でテストした香りはほとんどその名前とブランドを覚えている。

あれは、高い香水ではない。香水はつけた人の体温や体質によってオリジナルの匂いから少し変化する。ましてあのときは、誰かからの移り香だった。だが、間違いないだろう。男性の間では比較的人気の高いもので、二十代から四十代まで幅広い年齢層で愛用されているバーバリーのウィークエンドフォーメンだった。

刑事といっても福井のようなタイプもいるが、科捜研の人間で香水を使う男というのがなんとなく引っかかる。正田が会いにいっていた毛利という男だと思うが、福井の話ではなんだか気心の知れた仲のようにも聞こえた。そして、移り香を正田がつけてくるほど、その男とは近くで話をしていたのだ。

でも、苛立ちの原因はきっと福井が何気なく言った言葉に起因していると思う。『毛利の飼い犬』という言葉だ。自分以外の誰かが正田を飼っているなんて気に入らない。

だいたい、あの男は誰かに飼われるような人間ではない。野生の一匹狼が、誰かに懐くなんてことはないはずだ。そう思う気持ちと裏腹に、自分だけがあの男に首輪をつけてやりたいという欲望が消せない。

「あっ、そういえば……」

ハルは一度倒れ込んだベッドで体を起こして、思わず舌打ちをしていた。

今朝、正田を見送るときに自分たちの関係を確認するのを忘れた。あの男から「恋人」なんて甘い言葉を簡単に聞き出せるとは思っていないが、照れて思いっきり困った顔になるのを見るだけでもハルには楽しい。その顔だけで、次に会えるときまでの心の慰みができるというものだった。

それなのに、熱に浮かされたようなセックスをして、またうっかりと軽いキスで見送ってしまった。自分としたことが、恋愛の素人のような真似をしてしまったといやになる。きっと陳が聞いたら、目尻に涙を溜めて大笑いしそうだ。

陳はハルの恋愛を認めてくれるけれど、ときどきその不器用さをからかったりもする。ハルはよもや自分が恋愛に不器用などとは思っていないのだが、陳のような百戦錬磨の男から見たらしょせんヒヨッコが火遊びをしている程度にしか見えないのかもしれない。

それでもいい。ハルは今夢中になれる男がいて楽しいから。今度はいつ会えるだろう。例の事件は今回の被害者の容態が安定次第、大きく動くだろう。早く解決すれば、早く会える。

そんなことを思いながら、ハルは疲れきった体を横たえて昨夜の甘い夢の続きを見ようと瞼《まぶた》を閉じる。けれど、夢の中でも正田は忙しいのか、後ろ姿で駆けていってしまう。そして、その横にはもう一人の男の影。福井だろうかと思ったが、そうではないようだ。

(誰だろう……?)

黒いシルエットは正田に寄り添っていて、なんだかハルの気持ちをかき乱す。けれど、疲れた体はそのまま暗闇に落ちていく。そして、会いたいという気持ちだけが空回りして、翌朝は夢の記憶だけを残しせつない目覚めを味わったのだった。

正田は例の事件を追って忙しい日々を送っているはずだ。片やハルのほうも、季節の変わり目なので店がいつもより予約で立て込んでいる。

政財界ではそうでもないが、芸能関係者は季節の変わり目に合わせて大幅なイメージチェンジを希望する客が多い。綿密に相談をしてイメージを固め、髪型とカラーにとどまらず、眉や髭のデザインまで時間をかけて施術することが多いのもこの時期だった。

まるでテレビ局のように、入れ替わり立ち替わり芸能人がやってくるこの店だが、芸能記者が張っていることがないのは男性限定の会員制理容室だからだ。

この店の前でどんなに張り込んでいても、芸能記者たちは期待しているツーショットは撮れないとわかっている。恋愛のスクープに追われている芸能人ほど、ここにくるとホッとすると言うのもまんざら嘘ではないのだろう。

その日もトモとコージには、それぞれ午前と午後に一人ずつ施術にあたってもらった。単独で仕事をするようになって一週間が過ぎ、少しずつ自分をリラックスさせる方法もわかってきたようだ。

もちろん、この仕事は刃物を手にしているし、最高の技術を提供するためにも集中力とある程度の緊張感は必要になる。ただし、自分がガチガチになっていては、客のほうも心からリラックスできない。内心ではどんなに焦っていても、笑顔で接客することが基本中の基本であることを今一度身をもって覚えた一週間だったと思う。

今は新しい見習いの二人が入り、彼らの面倒もよく見てくれている。文也を選んだときにも確信を持っていたが、トモとコージもまた自分の選んだ人材に間違いはなかったと思えることがハル自身の充実感に繋がっていた。

どんなにプライベートで恋に浮かれていても、仕事に追われているときのハルは徹底的にプロの理容師になる。これが、両親の反対を振り切ってまで自分が選び生きてきた道なのだから、けっして後戻りはできないしするつもりもない。

その日の朝も他の従業員より早めに出勤したハルは、部屋で事務処理をしていた。やがて文也たちも順番に出勤して、ハルに挨拶をしてからそれぞれの準備に取りかかる。

事務処理をきりのいいところまで終えたハルが、店内のチェックをするため部屋から出ようとしたときだった。デスクの上に置いてあったハルの携帯電話が鳴って、一瞬正田からだろうかと胸がドクンと跳ね上がった。だが、着信表示を見れば、それは思いもよらない相手だった。

ハルは急いで事務所に戻り、ドアを閉めてから電話に出る。

「もしもし、母さん……?」

それは、この数年連絡を断ったままの母親からの電話だった。なんだかいやな予感がしたが、ハルが何かを言おうとした瞬間、母親の涙声が耳に届いた。

『父さんが倒れたの。雅春、お願い、きてほしいのよ。母さん、もうどうしたらいいのか……』

その言葉にハルの心臓は何かに強くつかまれたような気分だった。

まだ何も親孝行をしていない。自分の力で成し遂げたものを両親に見てもらい、ハルの進んだ道を認めてもらいたいと思っていた。それなのに、まだ志半ばで父の身にそんなことが起きるなんて考えてもいなかった。

「ど、どこの病院……?」

それだけ訊くのが精一杯だった。ハルはその日の予定を文也に頼んで店を飛び出した。こういうとき、自分はしみじみと中国人だと思う。

中国人の儒教の精神では、何よりも一番にくるのが親孝行の「孝」であり、「忠」はそのあとにくる。

こんなとき、日本人なら責任のある行動をとるべきで、現場を離れることはできないと言うのだろう。けれど、ハルにはそれができなかった。どんなにプロフェッショナルに徹していても、自分の体に流れる中国人の血を押し殺すことはできない。

これまで「孝」をできずにいたせいもあるけれど、母親から電話をもらった今会いに行かなければ、自分は人として駄目だと思ったのだ。そうしなければ、一生後悔することになる。

これまで一度もプライベートな理由で店を空けるようなことはなかった。開店以来、こんなことは初めてだったが、それだけに文也もハルがどれだけ緊急なのか理解してくれた。

午後から施術にあたれなかったお得意様にはそれなりのことをするつもりだ。そして、ハルは店を出ると母親から聞いた病院へと急ぐ。

両親に会うのは何年ぶりだろう。都内と横浜というそう遠くもない距離に暮らしながら、互いに連絡を取らずにいたこの数年のことを考える。父は六十近い。母も五十代の後半だ。まだ現役の世代とはいえ、若い頃から苦労を重ねてきたうえ、父親は跡継ぎ問題でずっと頭を悩ましていたと思う。

母親もまたそんな父親のそばにいて、一人息子が無駄に苦労を背負い、辛い道を選んだことを後悔していないかと案じていたはずだ。

だが、現実問題として、そんなことはけっしてなかった。もちろん、大学を卒業したあとに美容学校に入る者は少なく、当時からはるか高みを目指しているハルにとっては周囲の誰とも真の友情を育めないのが実情だった。

それでも不安はなく、自分の進むべき道を見失うことはなかった。それはすべて陳のおかげだが、そもそもこの世に自分という命を産み出してくれた両親への感謝を忘れることはなかった。

店の前でタクシーをつかまえたハルは、まず自分のマンションに戻る。部屋ではなく地下の駐車場に行き、車で母親から聞いた横浜の病院に向かうことにしたのだ。病院の場所は知っているが、横浜に行くのは久しぶりなのでナビを設定して都内の渋滞をすり抜けるように走る。

昨今は仕事が忙しくてあまり遠出をすることもないが、運転は嫌いではない。愛車は三年前の誕生日に陳からプレゼントされたフェラーリ458。だが、こんな事情で急遽《きゅうきょ》ハンドルを握ることになるとは思ってもいなかった。

焦る気持ちを抑えながら一路横浜に向かい、一時間後には病院に着いた。受付で名前を告げると、父親は二階の集中治療室にいると教えられ、すぐさま階段を駆け上がる。そこには廊下の壁に背中をあずけ、祈るように手を合わせて額に押し当てたまま立ち尽くす母親の姿があった。

「母さん……っ」

声をかけて駆け寄るハルに向かって、母親が青ざめた顔を上げた。

「雅春っ」

「父さんの容態は？」

「今検査を受けているの。おそらく急性心筋梗塞《こうそく》じゃないかって……」

数日前から胸が痛いと言っていたらしいが、ここのところ仕事で忙しい日々が続いていたので、週末にはゆっくりしようと言っていた矢先のことだった。

今朝、いつもどおり会社に出勤して、社長室で今日のスケジュールを秘書から聞いているときに急に胸を押さえて倒れ込み、すぐさま救急車で搬送されてきたというのだ。

場合によってはこのまま緊急手術に入るようなので、さっきまで一緒に付き添っていてくれた秘書には一度会社に戻って明日からのスケジュールを調整してもらっているという。また、通いの家政婦に頼んで、入院に必要なものを持ってきてもらう手はずもすんでいると母親は気丈な様子で言った。

それでも、ハルの姿を見て気持ちが緩んだのか、急に不安げな表情で睫《まつげ》を震わせはじめた。

「とにかく、ちょっと座ろうか。母さんの顔色もよくない」

そう言って、ハルは母親を近くの長椅子に連れていった。そこであらためて母親の顔を見る。

彼女もまた久しぶりに見る息子の顔にそっと手を伸ばしかけたが、それをすぐに下ろしてしまった。

「ごめんなさいね。急に呼び出したりして。お仕事があったんじゃないの？」

「何言ってるの。親が倒れたって聞いたら、仕事どころじゃないよ」

「でも、こんなときばかりあなたに頼ってしまうなんて……」

「こんなときだからだよ。それより、僕のほうこそごめんね。ずっと気にはかけていたんだけど、ろくに連絡もしないでいて」

普段は社会的な立場を考えて「わたし」という一人称を使うのだが、母親の前に出ると自然と子どもに戻り「僕」と口にしてしまう。そして、一人息子としてこの数年間、きちんと連絡を取らなかったことは本当に申し訳なく思っているのだ。

ただ、両親の期待を裏切ってしまった自分だから、今の仕事できちんとした結果を出してからあらためて頭を下げにいくしかないと思っていたのだ。だが、それも結局、現実から逃げるための言い訳にしていただけかもしれない。

「ハルのことは陳さんから聞いていたわ。定期的に電話をくれるの。メールでハルの店の写真も送ってくれたわ。りっぱな店ね。お客様も有名な方たちが贔屓してくださっているんでしょう」

「昌光さんがそんなことまで？　知らなかった……」

陳がハルと両親の関係を案じてくれていることは知っていたが、自分がどれほど彼から大きく深い愛情をそそがれているのかあらためて知らされる思いだった。

そして、母親がハルの両手を取ってじっとその手を見つめながら優しい声で言う。

「この手で鋏を握って、りっぱに生きているのね。亡くなったお爺様と一緒ね」

「母さん……」

数年ぶりにこうして近くで見れば、母親もやはり歳を取ったと思った。華美ではないが身なりを気遣い、柔らかな色合いがよく似合う色白の美人で、ハルにとっても自慢の母親だった。

五十半ばを過ぎた今も充分に若々しく上品な美しさを保っているが、父親を案じているため不安そうな表情には疲れがはっきりと刻まれていた。その母親が小さな溜息をついてから、静かに話し続ける。

「父さんがこんなときに言うことではないかもしれないけれど、わたしたちはずっとハルに謝りたいと思っていたのよ」

「どうして？　謝らなければならないのは僕のほうだよ」

「いいえ、あなたはきちんと自分の人生を選んで、りっぱに生きているのだから、何も謝るようなことはないのよ」

「でも、父さんの期待を裏切り、母さんの望まない道に進んでしまった」

それでも、母親は首を横に振って言う。

「雅春がけっして中途半端な気持ちで将来を決めているわけではないとわかっていたのに、わたしたちは信じてあげなかった。無駄な苦労をさせたくはないという親の身勝手な考えから、あなたの味方になってあげられなかったのよ」

それは、親のエゴであったかもしれないが、同時に深い愛情ゆえのことだったともいえる。だから、ハルには微塵《みじん》も両親を恨む気持ちはない。ただ、今は母親がそういう気持ちでいてくれたと知って嬉しく思うだけだった。

二人が長椅子に座り話していると集中治療室のドアが開き、中から担当医が出てきた。母親と二人で駆け寄ると、父親はやはり急性の心筋梗塞でこれから緊急に冠動脈形成手術を行うと告げられた。その方法はバルーン療法で、足の付け根からカテーテルを導入するという。

「心臓切開手術ではないので、約二時間ほどの手術です。ご家族にはその前にいくつか質問にお答えいただきたいのと、治療の承諾書にサインをいただきたいのですが……」

その後、母親に付き添って一緒に承諾書に目を通し、父親の生活習慣や既往症や病歴について伝えた。父親が手術室に入ったのがちょうど昼の十二時。その間にハルは店に電話を入れて様子を聞いた。忙しくしているはずの文也だが、明るい声で電話に出て店のほうは大丈夫だと言ってくれた。

ハルの担当している客にも電話を入れて事情を説明すると、誰もがむしろ同情的で予約日を変更したり、これを機会にトモやコージを代理に指名してくれた人もいたという。

とりあえず安堵して電話を切って母親のそばに戻り、もどかしい二時間が過ぎた。手術室のランプが消えて、中からストレッチャーに乗せられた父親が出てくる。

部分麻酔だったので父は眠っていなかったが、手術での負担は大きかったのかぐったりと力の抜けた様子だった。それでも、母親のそばにハルがいるのに気づき、突然大きく目を見開くのがわかった。そればかりか、輸液の管を繋がれた腕をハルに向かって伸ばそうとして、慌てて看護師に押さえられていた。

術後の父はまた集中治療室へと運ばれていく。あとから手術室を出てきた担当医は、母親とハルを見て明るい声で手術は問題なく成功したと話してくれた。

「思ったより動脈の狭窄《きょうさく》部分が少なかったのが幸いでした。しばらくは集中治療室で様子を見て、経過がよければ三日後くらいからは一般病棟に移れますよ」

母親とハルは担当医に礼を言い、すぐに父親の様子を見にいった。父親はそこでも目を見開いたまま、何年も連絡を寄こさなかった息子の姿に驚いている様子だった。心臓の手術を受けたばかりの父を驚かせてしまい、なんだかかえって申し訳ないような気もした。

「父さん、よかったね。手術は成功だって」

ハルが少し顔を近づけて言うと、父は難しい顔をしていたが、微《かす》かに頷く仕草をしたように見えた。そして、そのうち疲れたように目を閉じて眠ってしまった。

集中治療室を出ると、母親はハルの仕事のことを案じてあとは自分だけで大丈夫だと言う。そうしているうちに実家から家政婦が入院に必要な荷物を届けてくれ、会社からも父の秘書が当面の仕事の調整を終えて、見舞いに戻ってきてくれた。

「じゃ、また近いうちに様子を見にくるから」

ハルはそう言うと、少し老いただけでなく、少し痩《や》せた母親をそっと抱き締めてから集中治療室の前で彼女と別れた。

突然のことで驚いたけれど、数年ぶりに両親と顔を合わせることができた。母親とはこれまでのわだかまりも解けたように思えた。それが何よりもハルにとっては嬉しかった。今は父親が早く回復してくれるよう祈るばかりだ。

安堵と同時に今度は店のことが心配になり、急いで階段を使って一階に下りているときだった。途中の踊り場から見下ろした広いロビーの中で、見覚えのある長身の姿が目に入った。

「えっ、正田さん……？」

思わず小さな声で呟いたら、まるでその声が耳に届いたかのように男がこちらを向いた。

いつものくたびれたスーツ姿で、ネクタイも緩んでいる。先日整えてやった髪は乱暴に後ろに撫でつけられていて、また無精髭が伸びせっかくのいい男が台無しだ。おまけに、なぜか今日は隣に正田と似たような背格好の男がいる。もちろん、福井ではない。

ハルはなんだか胸騒ぎがしたが、思わぬところで顔を合わせた男のところへ向かう。驚いた表情の正田より、彼の隣に立つ男の清潔感と知性の溢《あふ》れる切れ味のいい剃刀のような美貌を見つめながら……。

◆◆

父親の術後の経過は順調らしい。今はもう一般病棟に入って療養を続けていた。入院は三週間ほどの予定だと聞いているので、明日の休みにはまた横浜《よこはま》まで見舞いにいこうと思っている。

(それにしても……)

思わず溜息を漏らしたのは、仕事を終えて文也《ふみや》たちを見送り、事務所で自分の道具の手入れをしながらのことだった。信頼する匠《たくみ》に造ってもらった自分専用の鋏《はさみ》をセーム皮で丁寧に磨きながら思い出しているのは、父親の手術のあと病院のロビーで偶然会った正田《しょうだ》のことだった。いや、実際は正田ではなくその横にいた男のことだ。

『こいつは科捜研の毛利《もうり》だ』

ハルを以前の事件で協力してもらった人間として紹介したあと、隣の男を指差して言った。相棒の福井《ふくい》を邪魔な犬コロのように扱っているのとはずいぶん違っていた。何より、その毛利という男の美貌《びぼう》がハルの気持ちを必要以上に乱してくれた。

紹介された彼は礼儀正しく頭を下げると、ごく自然な仕草で右手を差し出してきた。ハルは毛利と握手をしながらいつもの癖のようなもので、極上の営業スマイルを浮かべて見せた。だが、毛利は微塵《みじん》の心の揺れも見せなかった。

その瞬間、ハルは悟ったのだ。彼はゲイだ。そして、驕《おご》りでもなんでもない。ハルの笑顔になんの反応も示さなかった彼は「抱く男」ではない。つまりは、「抱かれる男」だ。

短く「どうも」と言った声は高すぎず低すぎず、落ち着きがあり艶《つや》のある声だった。身だしなみも取り立てて高価なものを身につけているということはなく、自分の体に馴染《なじ》むものを選んでいて、気張りすぎないセンスのよさが漂っていた。

知的な雰囲気によく似合っているチタンフレームの眼鏡もサイド部分に細かい模様が入っているが、目立ちすぎずかといって地味すぎない。そして、香水はバーバリーのウィークエンドフォーメン。

毛利は何から何まで正田とは正反対の印象の男だった。それなのに、二人が並んでいると妙にしっくりくる。まるで毛並みのいい血統書付の猟犬と無駄にセクシーな野良犬が、互いに警戒心を解いて一緒にいるように見えたのだ。

あの日は思いがけない場所で出会って驚いていたのはお互い様だったが、ハルの事情を説明すると少しばかり神妙な顔つきになって父親の容態を心配してくれた。

そんな正田たちは、例の連続通り魔事件と同じ犯人によるものと思われる事件が横浜で起こり、管轄の伊勢崎《いせさき》署に情報交換にやってきたところだった。まだ四人目の被害者があの病院で治療を受けていて、少し容態が安定したという医師からの報告で事情を聞きにやってきていたのだ。

被害者の話を聞いて、少しは事件解決に繋《つな》がるような情報を得ることができただろうか。正田の紹介では毛利は主に心理学の研究をしていて、プロファイリングを専門にしているといっていた。そんな彼と一緒にやってきたのは何か意味があるのだろうか。

捜査のことは素人のハルが案じても仕方がない。けれど、どうしてもあの毛利という男が気になってしまうのだ。このときもまた福井の言葉が脳裏に蘇《よみがえ》る。

『毛利の飼い犬』などという言葉を聞いたとき、こんな危険な一匹狼《おおかみ》が誰に飼えるものかと思ったが、あの男ならできそうだから心配なのだ。

近頃は身の回りが落ち着かない。父親のことといい、正田のことといい、心乱れて溜息をつく回数ばかりが増えていく。唯一、仕事だけは順調だ。先日、仕事に穴を開けたことも会員の人からは反対に心配されて、ねぎらいの言葉をかけられた。

自分がこれまで培ってきたものが、こういう形で実を結ぶとは思っていなかったが、客との間に確かな信頼関係を築いてきたことは両親にも胸を張って言えるだろう。


ハルの店は会員制で客の職業柄もあって、毎週日曜日と奇数の週の月曜日を休みにしている。以前は週休二日で日曜と月曜を休業日にしていたが、最近は会員が増えたこともあり従業員には少し無理を頼んでいる。

そんな貴重な休みであっても、ハルは横浜までフェラーリを飛ばしてきた。父親の容態はすっかり安定していて、入院はしているものの食事も生活もごく普通にできていた。

「父さん、具合はどう?」

術後はまともに会話もできないままだったが、あれから何回か見舞いにきているうちに少しずつ話ができるようになっていた。

ただし、体調のことや世間話程度のことで、互いに少しばかり奥歯にものが挟まったような会話ばかりが続いていた。母親には許してもらったとはいえ、父とはまだ過去のわだかまりについて直接話せないままでいる。

でも、今は病気で気弱になっているだろうから、精神的に動揺させるようなことは言いたくない。そうなると、長く離れて暮らしていた親子に共通の話題はあまり多くなかった。

そのとき、ハルが病室の窓辺に飾られている白いカラーと淡いピンク色のミニバラが上品にまとめられた花束を見て訊いてみた。

「その花、母さんが用意したの？　きれいだね。今もお弟子さんを取って教えてるのかな？」

母親はハルがまだ大学生の頃、自宅の一室を教室として使い、週に二度ほど華道を教えていた。生徒は二十人ほどで、あくまでも趣味の範疇《はんちゅう》だった。が、父が仕事で家を空けることが多く、ハルは成長して手がかからなくなっていたので、花好きの彼女にとってはいい気晴らしになっていたのだ。

「いや、今は家ではやっていないよ。生徒さんが増えたから、近くの文化センターの教室に教えに行っている。それに、その花は母さんじゃない。陳《ちん》さんが贈ってくれたものだ」

「えっ、昌光《まさみつ》さんが」

父が病で倒れたことは母親から連絡がいっているとわかっていたが、見舞いの花まで贈ってくれていたのだ。どんなに大物になっても、同胞に対してこういう細かい配慮をけっして忘れることがない人だった。

「彼とは連絡を取っているんだろう」

やっと父親と当たり障りのない話題が見つかったように思ったが、陳との関係も正直に親に話せることではない。ただ、表向きは祖父を恩人として、その孫であるハルの面倒をよく見てくれる中国人《ちゅうごくじん》の同胞ということになっている。そして、その事実に嘘偽りはないのでハルも笑顔で頷《うなず》いた。

「ただ、昌光さんは忙しいので、そう頻繁に会うこともありませんけどね」

「たいした男だ。今世紀最も成功した華僑《かきょう》として名を残すだろうな」

「本当にすごい人です。いくつになっても背中が遠いですし、教えてもらうことばかりです」

「いい人生の先達がいてよかったな」

ハルも心からそう思っている。だが、陳は単なる人生の先達ではない。この体も心もどれほど満たしてきてもらったかわからない。振り返ってみれば、陳のいない自分の人生など考えられないのだ。

結局、その日もハルの仕事のことについては何も話せないままだった。それでも、父親の体の回復とともに、親子の関係もリハビリしているようなものかもしれない。焦らず、時間をかけていけばいいと思っている。

「じゃ、またくるね」

「陳さんに会ったらよろしく伝えてくれ」

笑顔で頷いたハルは病院を出ると、今度はフェラーリを飛ばして陳に会いにいく。

父親によろしく伝えてくれと言われたからというわけではない。ハルと両親の間を長年間接的に繋ぎとめてくれていたことについて、一度きちんとお礼を言わなければならないと思っていたからだ。それに、父の今の容態も自分の口からちゃんと伝えておきたかった。

携帯電話にイヤホンを繋いで陳に連絡を入れる。この数年は海外に出ることを極力控え、世界各国のエージェントと行う重要な会議もネットを使うことが多い。それでも、一ヶ月に一度のペースで中国、ヨーロッパ、北米など必要に応じて現地に飛んでいる。

ハルがかけるのは陳のプライベートの携帯電話だ。ちなみに、その電話はハル専用で、他の誰かからかかってくることはないし、陳もまたハルへの連絡はすべてその電話で行っている。

今週は日本《にほん》にいるとわかっていたが、この時間はどこの国の誰と会談しているかもわからない。だが、わずかツーコールで陳が出た。

『可愛《かわい》い坊やからやっと電話がもらえた』

そんな軽口を聞いて、ハルは苦笑を漏らす。そして、今から会いたいが時間の都合をたずねると、陳はいつもどおりの返事をくれる。

『ハルならいつだって大歓迎だよ。君のためにどんなものでも用意しておくよ。ほら、わたしを慌てさせるようなわがままを言ってごらん』

どんなわがままを言っても、陳なら慌てることもなくハルが都心のホテルに着く頃には完璧《かんぺき》に準備をしておいてくれるだろう。だが、ハルには特別な望みなどない。

「では、乾杯したい気分と、やるせなくてせつない気分の両方を満たしてくれる飲み物をお願いします」

それだけ言って電話を切ったが、さて陳はどんな飲み物を用意してくれるのだろう。ハルのわがままを陳が喜ぶことはわかっている。それほどに愛されていると知っている。それでも、ハルの気持ちは他の男に奪われている。

ずっとそばにいて、ハルの成長を見守り、無償の愛情をそそぎ続けてきてくれた人。そんな陳はいつしか本当の両親以上に近しい存在になっていた。だからこそ、彼と恋愛に溺《おぼ》れることができないのだとこの歳になって思うようになった。

ハルが陳に甘えるのは、子どもが親に甘えるのと同じだ。さんざん体は重ねてきたけれど、それは結局のところ肉親のスキンシップの域を超えていないような気がする。近親相姦《そうかん》めいた関係とはいえ、陳とハルに血縁関係がないからこそ、この奇妙な関係が成立していたのだと思う。

けれど、ハルが恋をするたびに陳との肉体関係は途切れる。

『わたしは君の性欲を処理する道具ってことかい？』

そんな嫌味を言われたこともあるが、それも違う。陳は何にも置き換えることができない存在だ。恋人ができても、彼はかならずハルのそばにいてくれる。

感謝の言葉は今さらだろう。それでも、ハルは陳に会いたかった。両親と疎遠になっていたときもずっと、ハルのことを彼らに伝えていてくれた。祖父への恩返しの意味もあったのかもしれないが、それでもきっと陳の言葉添えもあって両親の気持ちも変わったのだと思う。

だから、陳に会って直接お礼を言いたい。フェラーリを飛ばし陳の暮らすホテルに着くと、いつものように最上階を目指す。

ドアが開かれて陳の秘書に迎えられ、奥の部屋で待っていると言われて真っ直ぐに彼のプライベートルームへ向かう。ドアをノックすれば、中からすぐさま返事があった。

「お父様はどうだった？　術後の経過はいいと聞いているけどね」

部屋の中に入るなりそんな言葉でハルを出迎えた陳だが、母とママに連絡を取っているらしい彼はもう何もかも知っているはずだ。

「さっき父に会ってきたところです。おかげ様で、今にもベッドから飛び下りて仕事を始めそうなくらいでしたよ」

「それはよかった。わたしと変わらない年齢なのだから、まだまだ現役で活躍してもらいたいと思っているんだ。お爺様は恩人だが、ハルのお父様もわたしにとっては日本で商売をする先輩だからね」

　今となっては父よりもずっと大きな商売をしている陳だが、自分よりも早く日本で起業したハルの父のこともまた尊敬しているという。

　中国の教えの中に「孝」と「忠」の他にも大切にされているのが、「仁」と「儀」の心だ。「仁」とはすなわち、下の者の面倒を見てやること。「儀」は上の者に尽くす心だ。

　陳にとってハルの祖父が恩人であったとしても、ときおり陳の「儀」を通す心の強さには感心させられる。それを、今度は自らの「仁」に変えて、祖父亡きあとはすべてハルに与えてくれている。そんな陳に自分は何をもって応えればいいのだろう。近頃はそのことをよく考えてしまう。

　なぜかはわからないがいつもより少し機嫌のよさそうな陳に迎えられて、ハルは彼の腕に抱き締められる。自分を愛しく思ってくれている人はこれほどに優しい。そればかりではない。今回もハルのわがままを大喜びできいてくれる。

「乾杯したい気分というのはお父様の回復だね。だが、やるせなくてせつない気分というのはどういうことだろう?」

どうせハルの胸の内などわかっているくせに、そんなふうにたずねる。ただ、陳でさえまだ知らないこともある。ハルの心を乱しているあの毛利という男の存在だ。それでも、彼はハルの心を擽《くすぐ》るものをちゃんと用意していてくれた。

「君をやるせなくせつない気分にさせるものがあるのは気に入らないが、これを飲めばきっと少しは気持ちが晴れると思うよ」

そう言って差し出されたボトルは、ハルの生まれ年のボルドーワイン、「シャトー・ムートン・ロートシルト」だった。陳にしてみればさほど高い買い物でもなかっただろうが、これをダースでもらうとさすがにハルでも恐縮する。そして、そのうちの一本を自らオープナーを使って開けると、テーブルに用意してあったグラスにそそいで渡してくれる。

ハルの手元へと陳のほうから軽くグラスを合わせてきて、カチンと乾いた音が鳴り響く。グラスは陳が特別にオーダーしたバカラのもの。ハルの「H」と陳の「M」のイニシャルがそれぞれのカップ部分に彫られている以外何一つ飾りもカッティングもないが、その質感と量感とグラスを合わせたときの音は素晴らしい。

「どうかな? 少しはやるせない気分が晴れたならいいのだけれど」

「ええ、そうですね……」

ハルが笑顔で言う。でも、その気持ちの裏にあるものを陳が気づいていないはずはない。彼にはこれまで何一つ隠し事をせず、ありのままの自分を晒《さら》してきたのだ。

「じゃ、そろそろ本当の気持ちを聞かせてもらおうか?」

陳の言葉に、やっぱり何もかも見破られていると思うと、ハルはわずかな反抗心で話をはぐらかそうとした。

「昌光さんには感謝しています。両親にずっとわたしのことを伝えていてくれたんですね。おかげで、両親にはりっぱに頑張っていると褒められました」

父親の病気に関してはずいぶんと心配したが、今は体の回復とともにハルとの関係修復も進んでいるように思える。そして、それもすべて陳がずっと双方のことを気遣っていてくれたからできたことなのだ。

だが、陳は笑顔のままでそばまでくると、ソファに腰かけてグラスを片手にしているハルの顎《あご》に手をかけてくる。クイッと顔を持ち上げられて、陳の顔を見上げる格好になった。

「坊やの心を煩わせている者がいるなら、その存在そのものを消してあげようか?」

いつもと変わらない柔和な笑顔とともに言われて、ビクリと体を震わせた。ハルの小さな反抗心を今日の陳はストレートに打ち返してきた。こういうことは珍しい。

そして、ハルの手を引いて立ち上がらせると、手からグラスを取り上げてそばのテーブルに置いた。

「キスを……」

陳の言葉にハルが両手を伸ばして彼の首に回し、自ら唇を寄せていく。正田に心を奪われるようになってから陳に抱かれていない。これまで恋人ができたときはずっとそうだった。だが、正田との関係はまだ恋人とはっきり宣言できるものではない。

それは陳もわかっているのだ。そして、それゆえにハルの心がせつなさに縛られていることも気づいている。そんなハルにキスを求めるのは、帰っておいでと言われている気がする。

正田といれば、ハルはいつも心穏やかなままではいられない。そうして、いつかは悲しい思いをするに違いない。だったら、傷つく前にやめにして自分のそばにいればいい。陳は暗にそう言っているのだ。

そんなふうに心を切り替えることができたならどれほどいいだろう。けれど、誰かを思う気持ちはままならないのだ。

「ハル、君はまだわたしのものかい？」

「もちろん……」

「でも、抱かれようとは思っていないだろう？」

正田との関係がはっきりしないうちはそれはできない。さんざん陳との関係を持ってきて、恋人にもそのことは包み隠さず話してきた。正田に対しては事件絡みでのことではあったが、陳を紹介して自分にとってどれほど大切な人かということは話してある。

正田は陳とハルの関係について、いろいろと不満がありそうなことは口にする。それが嫉妬《しっと》なら、彼がハルに本気だと思えたりもする。それでも、あの男ははっきりとそれを言葉にはしてくれない。どこまでも憎らしい男に翻弄《ほんろう》されている自分を陳は呆《あき》れているのだろう。

「昌光さん、ごめんなさい。でも、今はまだ……」

自分でもわからない。でも、正田を信じて待ってみたい。あの無骨でロマンチックの欠片《かけら》もない男が、ハルに向かって何か決定的な言葉を口にしてくれる瞬間を待っているのだ。あるいは、そんな存在ではないときっぱり言われるか、そうとわかる態度を示してくれるまでハルの気持ちはどこへも動けない。

「君が言い出したらきかない頑固者だということは、誰よりもよくわかっているつもりだよ。ただね、君が悲しむ姿を見るのはわたしも辛《つら》いんだよ」

陳はけっして頭ごなしにハルを叱《しか》ることはない。これまでもハルが悩んでいれば、優しい言葉で諭しては野にそっと放ってくれる。ハルはできるかぎり自分の力でこの世を生きていこうと思うけれど、必要以上に恵まれて陳という大きな存在に守られてきた自分を自覚している。

そんな自分の心の片隅には、どこかで傷ついて帰ってきても優しく抱き締めてくれる陳の存在があるという甘えた考えが巣くっているのだろう。ただ、これまではそれでよかったのかもしれないが、この先もそれでいいとは思えない自分がいるのだ。

戸惑うハルの体を抱き締めたまま陳が言う。

「ハルの辛い思いを断ち切るきっかけをあげようか？」

「え……っ？」

陳の表情はいつもと変わらず柔和な笑みを浮かべながらも、その目の中に青く冷たい炎が揺らめいているように見えた。陳が本気で知ろうと思ったことについて、この世で手に入らない情報はないだろう。

ハルのこの憂いの原因について、彼がすでに得た情報があるとでもいうのだろうか。不安と同時に、自分の知らない正田に関する情報があるのなら、ぜひ知りたいと思う気持ちが止められない。

すると、陳は戸惑いを隠せないハルの体を抱いたまま、愛しげに唇を額や頬に押しつけて少し声を漏らして笑った。そして、ハルの顎にまた手をやって強引に顔を彼のほうへと向けさせると訊いた。

「あの男が刑事になった理由は知っているのかい？」

それは、先日のピロートークで聞き出したので頷いた。陳もハルがそれを知っていることくらいは予測済みだったようだった。

「だが、きっと君の知らないこともある」

「たとえば、どんなことですか？」

ハルは極力冷静さを装ってたずねる。そんなハルの強がりも見抜いているのか、陳はさも楽しそうに微笑《ほほえ》みながら言う。

「彼が十歳の頃、強盗事件に遭遇したとき亡くなった非番の刑事がいただろう。その刑事の名前を知っているかい？」

「刑事の名前……？」

そういえば、強盗事件に巻き込まれたことは聞いたが、正田を救った刑事の名前までは聞いていない。

「そう、その刑事の名前は毛利貴博《たかひろ》といったんだよ。当時、妻と十歳になる一人息子を残して殉職した」

「えっ、毛利……」

戸惑うハルの様子を見ながら、陳は淡々と言葉を続ける。

「で、その息子は今どうしていると思う？」

名前を聞かされた時点でハルの心は激しく動揺していた。科捜研の毛利と名乗った男。正田の横にいた、あの美貌の男の姿がハルの脳裏にくっきりと浮かび上がった。

「息子の名前は毛利貴則《たかのり》。今は科捜研で心理学を担当している。写真を見るかぎりなかなかの美貌の持ち主だ」

それはハルも直接会っているから知っている。だからこそ、この心はこれほどに落ち着かないでいるのだ。だが、陳の情報はそれだけではなかった。

「彼らは警察の同僚というだけの関係ではないようだ。過去の事件によって、人には理解できない関係があったとしても不思議ではない。なにしろ、つい数年前までは同棲《どうせい》していた仲らしいからね」

ハルの心が今度こそ痛いほどに強く打った。嘘だと叫びたい気持ちと裏腹に、あのときの二人の姿をまた思い出す。まるで正反対の彼らが一緒にいるととても自然で、そうあるべきというような一対に見えたのだ。

陳の言葉はそれがハルの杞憂《きゆう》ではなく、事実だと教えてくれた。ハルの心はもう痛みに耐えられそうにない。ふらふらと陳から体を引き離すと、己の気持ちを落ち着けようとテーブルに置かれたワイングラスを手にして、そこに入っていた赤い液体を一気に飲み干した。

今日は車だったけれど、そんなことはどうでもいい。それよりも、今のこの胸の痛みを抑えるために、ハルにはもう一杯のワインが必要だった。

陳が笑顔のまま空になったグラスにワインをそそいでくれる。満たされた赤い液体はハルと同じ年月を過ごしてきた。けれど、そんな特別なワインを飲んでも、陳の慰めを受けて慣れたベッドで朝を迎えても、ハルの心はけっして晴れることはなかった。

◆

「今夜も最終は福井様だね？」

週明けで休み明けの朝、店で文也に今日の予定を聞いて、ハルが何気なくそう口にした。

福井は仕事のせいか、少しでもゆっくりと文也と話したいのか、いつも最終の時間帯で予約する。だが、今日は文也が珍しくどこか困惑しているふうで黙って頷いている。どうかしたのかとたずねても、文也はなんでもないと首を横に振る。

そんな文也に、福井の施術が終わってお茶を出すときに自分も少し話をしたいと伝えておいた。文也のどこか釈然としない様子も気になるが、今は正田本人のことが気になっていて、正直鋏を握っていても集中力に欠けてしまうときがある。

そんな心の乱れがてきめんに現れる場所がある。身につけているスーツの袖だ。技術がないからスーツを汚してしまうという信念があるため、ハルの店では全員がきちんとしたスーツ姿で接客と施術にあたる。ネクタイやスカーフ、あるいは開襟のシャツなどスーツの内側は個人のセンスにまかせている。

今日のハルは白襟にダークグリーンのピンストライプのクレリックシャツに濃紺のスーツ。襟元もまた濃い目の色合いで、光沢のある細めのタイといういでたちだった。秋も少しずつ深まってきたこともあるが、あえてダークトーンでまとめたのは自分への戒めだ。

先週の仕事終わりに、自分のスーツの袖に汚れを見つけた。普段から従業員に厳しく徹底している技術の研鑽《けんさん》だが、自分自身がこのざまでは話にならない。だからこそ、今日は少しの汚れも許されない濃い色合いで身を固めてきたのだ。

午前中に二名の客を担当し、午後からはこの店が開店した当初から利用してくれているコンサルタント会社の取締役である鳥居《とりい》のコースに入った。

「今日はまた渋い色のスーツだな。君は若いのに、そういう落ち着いた色も似合うね」

鳥居自身も人から信頼されてこその商売なので、身なりには相当気を配っている。いつも決まったテーラーで仕立てたスーツを着ており、ネクタイの趣味はビジネスの場に相応《ふさわ》しいオーソドックスな柄が多い。

「スーツに関してこだわりをお持ちの鳥居様にそう言っていただけると、とても自信になります。ありがとうございます」

ハルは丁寧に礼を言って今日の施術に入る。シャンプーとシェービングの他にフェイシャルケアを加えたコースは鳥居が常に予約するスタンダードなコースだった。

施術の間、短い会話を交わして鳥居はいつものように転寝《うたたね》に落ちる。ハルは自分の技術を存分に試すように鋏を使い、剃刀《かみそり》を握った。プライベートの悩みを、仕事に集中することによって忘れようとする。

父親の突然の病がきっかけになったのはあまり喜べることではなかったが、少なくとも母親には自分の道を認めてもらうことができた。

店も間もなく三周年を迎え、従業員も増やして「安定」から「飛躍」の年にしていかなければならないと考えている。店にとって重要なときだから、自分の恋愛ごとで心を煩わされていてはいけない。少なくとも仕事のときは他のことは忘れて、しっかりと集中していられる自分でいたい。

鳥居の施術のあとにも三名の客を迎え、いつもどおり忙しい一日が過ぎて、店内には最後の客が残っているばかり。その客は文也が担当している福井だった。

コージの指導でお茶の用意をしていた新しい従業員に声をかけ、福井へのお茶のサービスは自分が行くと言ってトレイを手にした。福井もこの店のオリジナルハーブティーを好んでいる。夏の間はアイスにしていたが、今月に入ってからはホットに注文を変更する客が増えている。

店名の「The barber Kisaragi」の文字だけが入った真っ白なボーンチャイナのティーセットは、ここを開店するときにオリジナルで作ってもらったもの。ハルがポットと揃《そろ》いのカップ&ソーサーをトレイに載せて部屋に運んでいく。

ノックをして文也がドアを開けると、そこに立っていたハルを見て驚いたように目を見開いている。

「えっ、ハルさん……」

今日は福井に挨拶《あいさつ》をしたいと伝えてあったけれど、まさかハルが自らお茶を運んでくるとは思っていなかったらしい。

福井はちょうど施術を終えて文也にスーツの上着を羽織らせてもらってから、部屋の片隅に用意されたソファに腰かけたところだった。その前のテーブルにハーブティーを置くと、ハルが笑顔でたずねる。

「文也の施術はいかがでしたか？」

「もう完璧ですよ。いつきても最高の気分になれます」

福井はいつもどおり満足そうに笑顔で答える。そして、お茶の話し相手をハルにまかせて、黙々と道具の片付けをしている文也をチラッと見て照れたようにたずねる。

「それでですね、ちょっとご相談なんですが……」

「相談ですか？　どのような？」

「今日の予約を入れるときに電話でも聞いたんですが、文也さんを食事に誘ってもいいですかね？」

今朝のスケジュール確認の際、文也が福井の名前を言いながら何か複雑な顔をしていた。おそらくこんなことだろうと思っていたので、ハルがカップを片手にしている福井の横に立って笑顔で答える。

「それについては、わたしに確認してもらう必要はないと思いますよ」

「えっ、そうなんですか。でも、文也さんがハルさんの許可を得てからと言っていたので」

自分ではなんて答えたらいいのかわからなくて、ハルの存在を言い訳に使ったらしい。見れば文也が少し気まずそうな顔をして、それをごまかすように懸命に手を動かし片付けに専念していた。

「うちは従業員のプライベートについていっさい口出しはしませんし、よけいな詮索《せんさく》もしない主義です。ただし……」

そこまで言うと、ハルは文也のほうを見て彼にも店のルールを今一度伝える。

「お客様と恋愛関係になったとしたら、そのときは店での担当は替えさせていただきます。あくまでもプライベートと仕事のけじめをつける意味でです」

ハルの言葉を聞いて、文也と福井が同時に焦ったように言う。

「あっ、べつにそんなつもりは……。いや、そう意味じゃなくて……、だから……」

それは双子でもないかぎりあり得ないような、一字一句変わらない見事なハーモニーだった。そして、顔を見合わせてちょっと頬を染めてから互いに困った顔になっていた。

（おやおや、初々しいことで……）

二人ともいい年齢だと思っていたが、その若すぎる反応にちょっと苦笑が漏れた。そして、加減を忘れて一気に背中を押しすぎてしまったかもしれないと思ったものの、正田と自分みたいにわけのわからない蟻地獄《ありじごく》のような穴に落ちるよりはそのほうがすっきりしていいだろう。

「ということで、食事の件は福井様と文也でどうぞ話し合って決めてください。ところで、わたしも少しうかがいたいことがあるんです。例の事件のことですが、その後何か進展はありましたか？」

もちろん、捜査上の守秘義務はあるだろうから、あくまでも一般的な話としてたずねたまでだ。それに、ハルが本当に知りたいことは、事件のことではなく科捜研の毛利のことだ。

本当に陳の言っていたように二人は同棲をするほどの仲だったのだろうか。そして、今の二人の関係はどうなっているのだろう。正田自身は二股をかけたりできるような器用な人間ではないと言っていた。それはハルもそう思うのだが、どうにも毛利という男は油断がならない気がするのだ。

正田に直接確認すればいいのだろうけれど、捜査に忙しい彼をそんなことで呼び出すこともできない。互いの携帯電話の番号は知っていても、相変わらず二人は自分から電話しようとはしない。正田は捜査に忙しくものぐさで、ハルもまた店が忙しく意地っ張りなのだ。だが、このまま落ち着かない気持ちで仕事に向き合っていてはストレスが溜まる。

自分の精神状態がよくないまま施術にあたれば、それはきっと客になんらかの形で伝わってしまうだろうし、心からリラックスしてもらうためには大きなマイナスに繋がる。これは個人的なことであるかもしれないが、同時に仕事にも直結していることでもある。

そして、好都合なことに、正田と組んでいる福井は店の会員で、同じ捜査をしているはずなのに店にグルーミングにきたり、文也を食事に誘ったりしている。そんな福井にさりげなくたずねてみることにしたのは、ハルとしても苦肉の策で、自分なりの妥協だった。

「実は、先日とある場所で正田さんと毛利さんのお二人に偶然お会いしたんですよ。それで、少し事件のことが気になりまして……」

さりげなく毛利の名前も出してみる。すると、福井は文也への照れ隠しもあったのか、その後の捜査の状況を話し出す。

「四人目の被害者が出たのはご存知ですよね？」

ハルは頷いて、その被害者に事情聴取しにきていた彼らに病院のロビーで偶然会ったことを簡単に説明した。福井のいいところは、そこでハルがなぜ病院にいたのかと聞いたりしないところだ。彼の頭の中を開いて見てみたら、きっとうっとりするほどシンプルできれいなのだろうと思う。

「その人もこれまでと同じくいきなり背後から刺されたんで、残念ながら犯人の顔は見てなかったんですよね。だから、わかったことといえば、せいぜい身体的な特徴くらいです。でも、やっぱり奇妙なんですよ」

「何がでしょう？」

すると、福井は周囲に誰もいないのに、さも注意深そうに左右を確認してから小声になって言った。

「実は、また落ちていたんですよ」

「落ちていたというと……？」

「だから、あの雑草です」

そこまで福井が話すと、さすがに文也も事件のことが気になるのか手を止めて二人のそばまでやってきた。そして、福井が一度テーブルに置いたカップにポットからハーブティーをそそぎ足してたずねる。

「それで科捜研に調べてもらっているんですね？」

文也も前回の事件ではおとり捜査に一役買っているし、正田と福井が追っている事件にまんざら興味がないわけでもないのだろう。

「そうなんです。でね、ここが正田先輩のちょっとすごいところというか、さすが野性のカンというか……」

「刑事の第六感じゃないんですか？」

福井の遠慮のない言葉に、思わずハルが苦笑を漏らして別の表現を使ってみた。

「ああ、そうとも言いますね。で、あの雑草、みんな同じ種類だったんです。ここからは毛利さんからの報告ですけどね」

そう言うと、福井はもう一口ハーブティーを飲んで正田が毛利から受けた説明をかいつまんで話す。

「シロツメクサって知っていますよね。あの道端とか原っぱとか、公園とかに生えているやつです。クローバーって名前のほうが一般的なのかな。白い花で、四葉を見つけると幸運がやってくるってジンクスのあるあれです」

もちろん、雑草の中では最もポピュラーなものだからハルも文也も知っている。

「僕は知らなかったんですけど、なんと花言葉は『復讐《ふくしゅう》』なんですよ」

「復讐……」

ハルが小さな声で呟《つぶや》いた。文也も途端に不穏な話に表情を曇らせている。

「では、落ちている雑草は偶然ではなく、犯人のメッセージということですか？」

「でも、未だそうと断定ができないのは、これまでの被害者の方々も四人目の被害者も、皆さんまったく関係がないんですよ。なんの共通点もないし、もちろん前科もないんです。復讐だとしても、理由がまったくわからない」

そこまで聞いて、ハルも文也もその難しい事件についてすっかり考え込んでいた。と同時に、こちらから質問しておいて何を言える立場でもないのだが、こんな口の軽い福井が数年後には警視庁の大層な地位にいるのかと思うとちょっと心配になってしまう。だが、「The Barber Kisaragi」の従業員は、ここでの話をいっさい他言しないと信用してくれているからだと思うことにする。

「そうですか。いろいろとご苦労は多いと思いますが、どうか体調にお気をつけて。リラックスされたいときはいつでも予約を入れてください。お待ちしております」

思いがけず捜査の詳しい状況を聞けて、ハルはここらで引き下がることにした。

福井と文也の関係がどうなるのかはわからないが、それは文也次第だ。もし福井に本気でアプローチを受けたとして、文也にその気がないのならたとえ店の大切な客であってもきっぱり断ればいいだけだ。

ハル自身も同じような経験は何度もあるが、プライベートな関係になることを断ったからといって会員を辞めた客はいない。誰もが恋愛の駆け引きと理容師としての腕は別物と考えてくれている。

以前事件に巻き込まれたこの店の会員だった山城《やましろ》のような例外はあっても、どの客もきれいな引き際を見せてくれた紳士ばかりだ。そういう意味では福井も信用できると思っている。

「文也、福井様のお見送りをよろしく」

さっきの食事の件についてどうなるのか、それは二人にまかせるつもりであえてハルは見送りを遠慮しておいた。そして、他の従業員とともに店の片付けをして、あとはゴミ捨てだけというところで一人事務所に戻ると、パソコンの前に座ってネットを立ち上げる。

さっき福井に聞いた情報をもとに、今回の連続通り魔事件について調べてみようと思ったのだ。

それにしても、やっぱり正田には刑事としての鋭い第六感が備わっているらしい。前回の事件でも、捜査本部の中でただ一人怪しげな白い粉にこだわり、最終的には犯人逮捕にこぎつけた。

今回も現場に落ちていた雑草に一人こだわり続けていたという。シロツメクサはどこかで引き抜かれてきたものだろうが、まだ緑色のものから枯れて茶色に乾燥しきったものもあったという。

都会の中で落ちていれば、ゴミだろうと見過ごしてしまいそうなものを見落とさなかった正田のカンとこだわりによって、この事件は「復讐」にかかわるものかもしれないというところまでたどり着いた。だが、ここにきて事件はまた迷路に入っているようだ。しばらく正田の顔を見ることはできそうにない。

世間の話題をさらっている事件だけに、簡単にキーワードで検索しただけでもネット上ではすでにあらゆる憶測が飛びかっていた。また、今回の被害者に関する情報もかなり細かく記載しているサイトがある。そんな情報を何気なく見ていて、ハルはふと奇妙なことに気がついた。

被害者の名前と年齢、職業についてはまったく共通点や目立った特徴はない。通り魔に遭った場所も都内と近県という以外はバラバラだった。

ただ、ハルが気になったのは、彼らの勤務先と自宅の場所だった。もちろん、自宅の細かい住所の記載はないが、市町村くらいまではわかった。そして、勤務先のほうは社名や団体名があればその住所は簡単に調べることができる。

それぞれの自宅から勤務先に通勤するときのルートをシミュレーションしてみれば、そこにほんの小さな共通点があったのだ。

（偶然かな……）

そのとき、ハルが思い出していたのは、自分が大学を卒業したあとあらためて美容専門学校に通うようになった頃のことだった。

実家を出て一人暮らしを始めていたその頃はまだこの部屋ではなく、小さなワンルームマンションで暮らしていた。大学時代にバイトをして貯めた金で借りた部屋から、新しい道をスタートさせたのだ。

その部屋は最寄り駅から少し距離もあって、美容専門学校までには二度電車を乗り換えなければならなかった。とても不便で、毎日通学だけでも一時間半かかっていたが、学校の授業料の支払いもあって当時のハルは節約を余儀なくされていたのだ。

陳はそんな様子を見かねて、何度も経済的なサポートを申し出てくれた。けれど、それを頑なに拒んだのはハル自身だった。自分の足場が固まった今では、陳をスポンサーとして受け入れることに抵抗はない。だが、人生の最初の正念場は自分の力で乗り越えなければ、この先の苦難にとうてい立ち向かえないと思っていた。

あの当時の自分の孤独を思い出せば、どうしても感傷的な気分になる。両親の反対を振り切ってこの道を選んだものの、鋏の扱いに慣れていたハルでも覚える技術は山のようにあったし、不安になることは何度もあった。

また、大学を出てから美容専門学校に入っているので、周囲の多くのクラスメイトとは年齢も違う。クラスではなんとなくこの道を選んだという者が少なくなかったし、懸命に勉強している者の大半は実家の美容院を継ぐためとすでに道が決まっていた。

ハルはそこでは完全に異端の存在ではあったが、譲れない夢があったから孤独さえも乗り越えて頑張れた。ただ、貴重な学びの場で心から夢を共有できる存在と出会えなかったのは残念なことだと思っている。

あの当時、学校で深夜まで練習して帰宅することも珍しくなかった。また、朝一番に教室に通って自習することもあり、ハルは通学の途中に挫《くじ》けそうになる自分の気持ちを何度も奮い立たせていたのだ。そんな思い出の駅だからこそ、脳裏に浮かぶものがある。

自分の乗り換えに使っていた駅は都心からは少し離れているが、いくつかの路線が交差している賑やかなターミナル駅だった。ところが、深夜や早朝には思いのほか人通りが少ない。特にハルの場合は人ごみを避ける癖がついていて、いつも地下道の人の少ない通路を選んでいたせいもある。

そんな通学路を思い出しつつ、脳裏に何か奇妙な符合が浮かんでいた。けれど、明確にこれだと言えるものはない。正田には刑事としての第六感がある。だが、ハルもまた己の五感の鋭さには自信がある。たった今目の前にあるデータを見ながらすべての感覚を研《と》ぎ澄《す》ましてみれば、奇妙な推測が浮かび上がる。

ハルはパソコンのモニターを見つめたまま、このことを正田に言うべきかどうかしばらく思案をしていた。しょせん、素人の思いつきでしかない。それに彼には科捜研の毛利という、福井が言うにはずいぶん優秀らしい噂の男がついている。

こんなくだらない思いつきを話して一笑にふされるくらいなら、何も気づかなかったふりでやり過ごしたほうがいいような気もしている。

けれど、ハルは正田が一日も早くこの事件を解決して、自分との関係に向き合ってくれればいいという思いがある。

（よけいなことかもしれないけれど……）

今一度迷ってから、結局短いメールを正田宛に送った。無視をされても仕方がないと覚悟のうえだ。

送信ボタンを押したあと、ハルは深い溜息を漏らす。自分のしていることは、単なる悪あがきのようなものだろうか。でも、傷つくことを恐れて何もしないまま、陳の元にすごすごと戻っていくような自分ではありたくないのだ。

意を決して正田にメールを送ったが、彼からの返事はない。

予測はしていたことだから落胆はしない。よしんば色恋沙汰でなくても、自分からアプローチをかけたほうが返事を待つせつない思いを味わうことはわかっていたから、すべては覚悟のうえだった。

だが、待ち続けているうちに、人の気持ちはそれなりに落ち着きを取り戻す。これが日常だと思えば、そういうものだと心が割り切ってしまうのだ。その点において、ハルという人間にはひどくドライな部分があった。

両親の愛情にも恵まれ、陳という存在に守られ、自分が少しばかり特殊な環境で育ったことは否定できないと思う。けれど、一線を越えたところで物事を割り切ってしまう感覚は生まれついての性質だろう。おそらく、祖父の血ではないかと思っている。そんなハルの血をたぎらせた正田は今頃何をしているのだろう。

ハルがぼんやりそんなことを考えていたのは、一日の仕事が終わったあとのことだった。ここのところ店はとにかく忙しい。明日もスケジュールが詰まっている。こういうときは、心もだが何よりも体を健全に保っていなければならない。どんなに素晴らしい技術を持っていても、体調が悪ければそれを充分に発揮することができなくなるからだ。

理容師という仕事は、体力勝負だとしみじみ思う。立ちっぱなしであったり、必要に応じて中腰になり背中を曲げた姿勢でシェービングや他の施術をし、なおかつ常に笑みを絶やさないでいるのは体力がなければできることではない。

今日は早めに帰宅して体を休めようと思い、戸締まりを文也にまかせて店を出た。自分の暮らしているマンションまでは徒歩でも十五分ほどだ。遅い時間になればタクシーを利用することも多い。だが、今夜は少し歩いて考えたいこともあった。

それに、ハルは冷たい空気の中を歩くのが嫌いではないのだ。真夏は日が沈んでからもその湿度に耐えかねて、体力の消耗を避けようとタクシーを使うのが当たり前になっていたが、すっかり秋風が涼しくなってきた今は歩くのが苦にはならない。

少し早足で歩いていると、ポケットに入れていたハルの携帯電話が鳴った。店の戸締まりを頼んでおいた文也からだと思った。が、着信表示を見てハルの心が驚きに揺れる。

(え……っ？　どうして……？)

それは、正田の番号だった。すぐさま通話ボタンを押すと、ハルの耳にあの男の声が届く。

『今、どこにいる？』

「帰宅の途中ですよ。もうすぐマンションです」

『珍しく早い帰宅だな』

「たまには体を休めないと、お客様に最高のサービスを提供できなくなりますからね」

久しぶりの電話での会話だというのに、なんでこんな当たり前すぎてどうでもいい話をしているのだろう。けれど、どちらからも甘い言葉を口にすることはなく、淡々と会話が進んでいく。

『メールの件だが……』

「ああ、あれなら気にしないでください。単なる素人の思いつきにすぎません。聞き流してくれてけっこうですから」

一般市民の情報提供なら、事件に無関係なものもたくさんきているはずだ。そういうものの一つだと思ってさっさと忘れてくれていいとハルは本気で思っていた。だが、正田は何か思い悩んだような声色で言った。

『いや、そういうわけにもいかなくなった』

「えっ、どういうことですか？」

『どこかで会えるか？』

「今からですか?」

『できればそうしたい』

だが、正田の今いる場所をたずねるとハルのマンションからは距離がある。そこでハルが時刻を確認する。そして、正田がいる場所とハルのところからちょうど中間あたりにある駅を指定した。その駅の近くには深夜まで食事と酒が楽しめるバーがある。ハルの店の客がオーナーで、彼が都内で経営する十数軒のうちの一つだった。

ずっと会いたかった正田と会える。ハルの気持ちは一瞬浮上したものの、まだ毛利のことが心に引っかかったままだ。陳の言葉がハルの脳裏にはっきりと蘇る。

『彼らは警察の同僚というだけの関係ではないようだ。過去の事件によって、人には理解できない関係があったとしても不思議ではない。なにしろ、つい数年前までは同棲していた仲らしいからね』

でも、今は特別な人はいないと言った。そうでなければ、ハルに手を出したりしないとも言った。それは、初めて抱かれるときにも確認したことだ。

あの男に嘘なんかつけるわけがない。そう思っても、毛利の美貌を思い出すと焦りと苛立《いらだ》ちが込み上げる。毛利の落ち着いた大人の男の風格と色気は、どんなに頑張っても今のハルには身についていないとわかっているからだ。

今夜、正田に会って自分は大丈夫だろうか。嫉妬に狂った醜い顔をしていないだろうか。待ち合わせの店のある駅までやってきたハルは、柱の影でいつもスーツの内ポケットに入れている小さな手鏡を出す。それに自分の顔を素早く映して、髪を簡単に整えてからあらためて店に向かう。

ハルが店に行くと、すでに正田はカウンターに座っていた。少し離れたところから見ると、本当にうっとりするほどいい男だ。くたびれた様子までときには計算された「美」のように思える。

ハルは彼ほど夜の空気が似合う男を知らない。陳もいつも孤独の空気をまとっているが、彼には昼だろうが夜だろうが反対に支配しそうな絶対的な強さがある。

正田という男はそこまで強くはない。普段の彼は隙だらけで、ひどく物憂い雰囲気がどこか危うげでもあるのだ。そんな彼をハルは優しく包み込み、守ってやりたくなる。傷つきすっかりくたびれた体で自分のところに戻ってきてくれたら、文字どおり裸にして爪の先まで磨き上げてやるのに。

ただ、そんな彼が犯人を追い詰めたときにまとう青い炎をハルは見た。そのときの強さは陳とも違う。あらゆるものを削り取った孤高の強さだ。ハルはその部分に強く惹《ひ》かれているのだと思う。

「お待たせしましたか？」

ハルがカウンターに座る正田の横に立つ。今夜の正田は何か考え込んでいるかのようで、ハルが近づく気配にも気づいていなかった。

「いや、俺も五分ほど前に着いたところだ」

その言葉が嘘でないことは、彼が手にしているグラスのウィスキーがまだほとんど減っておらず、氷も融けていないことでわかる。ハルが彼の隣に座り、バーテンに正田と同じものを頼む。

「これ、バーボンだぜ。おまえには似合わないだろう。もっとも、こんな洒落《しゃれ》た店は俺には似合ってないけどな」

「バーボンも嫌いじゃないですよ。それに、正田さんはこの店の雰囲気に似合うと思って選んだんですよ。それより、食事は？　ここは料理も抜群ですよ」

「俺はいい。おまえは仕事上がりだったら、腹が空いているんじゃないのか？」

「本当に？　ちゃんと食べていますか？　この間会ったときより少し痩《や》せてますよ」

ハルは彼の頬にそっと手を伸ばして言う。体重の増減が一番最初に顔に出るタイプもいる。正田は典型的にそのタイプだ。疲れていて食事をないがしろにすると、すぐに頬がこけてくる。そして、顎が尖《とが》って輪郭が一気にシャープになるのだ。

ただ、当の本人がしょっちゅう鏡をのぞき込むような男ではないので、自分では気づいていないだけだ。そこで、ハルはバーテンにイベリコ豚の生ハムのサラダと、少し冷えてきた夜にぴったりなオックステールのスープを注文した。ハムは二人のウィスキーのつまみとして、スープは疲れている正田のためだ。

ハル自身は夜はあまり重い食事はしない。それより朝食を充実させるほうが体調を整えるのに合っているのだ。

注文の品が届くまでたわいもない会話を少し交わしたが、ハルは毛利のことをたずねるタイミングがつかめないままだった。やがてハムとスープが運ばれてきて、ハルはスープの皿を正田の前に置いてもらう。

「なんだ、これは？」

「オックステールのスープです。体が温まりますし、栄養もあります。消化もいいですしね。せめてそれくらい飲んでください。あなた、かなりくたびれた顔をしていますよ」

ハルの薦めで、正田は器に鼻先を近づけ匂《にお》いを嗅《か》いでいた。普段食べないものなのか、子どものように警戒心が強くて笑いそうになる。だが、その香りに引かれるようにスプーンを手に取って、スープを一口飲んだ。

「これ、うまいな……」

唸《うな》るように呟く。ハルはその言葉に満足したようににっこり微笑む。

「でしょう？　オーナーのお勧めの一品ですから」

「ここのオーナーと知り合いか？　ああ、もしかして『The Barber Kisaragi』の客か」

「まぁ、そういうことです」

お洒落で美味《おい》しいバーを知っていた種明かしをして、ハルもまた生ハムを食べてからバーボンを一口飲んだ。普段は滅多に飲むことがないバーボンだが、正田と飲む夜はこれも悪くない。

だが、二人はデートでこうして並んでグラスを傾けているわけではない。バーテンが自分たちの前から離れると同時に、正田が気難しい顔になりハルにたずねる。

「あのメールだが……」

「ああ、あれなら本当に気にしないでください。わたしの勝手な推測にすぎないので」

ハルが送った短いメールは、都心の某ターミナル駅でこの数年の間に何か事件が起きていないかという問い合わせだった。

「いや、事件はあったんだ」

「えっ？　調べたんですか？」

「ああ、毛利が同じ可能性を追っていた」

「毛利さんが……」

心理学を専門としているなら、シロツメクサの花言葉から連想してそこに行き着くのは当然のことかもしれない。ただ、今回の被害者の共通点を探しあの駅を特定するのは、さながら落とした指輪を海の中で探すようなものだ。ハルはたまたまあの駅を使っていたので、彼らの通勤ルートの共通点に目が留まっただけだ。

「大きな事件ではなかったかもしれない。いや、人一人が死んでいるんだが、当時は他に大物政治家の贈収賄《ぞうしゅうわい》事件が大きく取り上げられていたせいで、新聞や雑誌での取り上げ方は比較的地味だったという意味だが、事件は確かにあった」

「それって、やっぱりあの事件ですか?」

「それも調べていたのか?」

ハルは黙って頷いた。あのときとある符合とその可能性を思いつき、ハル自身もネットであの駅に関しては何か事件がなかったか調べていた。そして、今から二年前にあった事件について、ネット上で過去の新聞の記事を読んでいた。

「あの駅では二年前、一人の学生が酔っ払ったチンピラに絡まれて死んでいる」

それは、あまりにも理不尽な事件だった。その青年はバイトをしながら大学に通う苦学生で、深夜を通して近くのコンビニでバイトをしており、始発電車で帰宅するときにあの駅を利用していた。

まだ三月の寒さの残る季節。駅の地下道にはホームレスが段ボールをベッド代わりに横になっていることも珍しくない。それは、ハルも終電や始発を使ったことがあるので知っていた。その日も、寒さをしのぐために地下道で段ボールを被って眠っていたホームレスに酔っ払いが絡み、殴る蹴《け》るの暴行を働いていた。そのときたまたまバイト上がりで始発電車に乗るためにそこを通りがかったのが、被害者となった学生だった。

彼はその様子を見かけてこのままではホームレスの命に危険があると考えたのだろう。だが、駅員を呼びに行くには改札は遠い。そこで、自分が勇気を出して助けに入ったのだ。過去の新聞の記事では近しい友人の話として、正義感の強い青年だったとあった。

そして、結果は悲惨なものだった。酔っ払いは完全にタガが外れ、力の加減もわからなくなっていた。それまでホームレスに絡んでいたが、標的を歯向かってきた青年に変えて殴る蹴るの暴行を働いた。

青年もホームレスよりは若く力もあったので抵抗はしたものの、階段の近くで揉み合っていたため、突き飛ばされた拍子に足を滑らせてそこから転げ落ちてしまった。

打ち所が悪いということは、本当に日常生活の中にあるものなのだ。彼は駅の階段で後頭部を強打して、意識を失いそのまま三日間こん睡状態に陥って死亡した。

「痛ましい事件ですね。わたしがもしその青年の身内なら、犯人にこの手で復讐したいと思うでしょう」

ハルはあくまでも個人的な感情としてそう呟いた。オックステールのスープを飲み終えた正田も黙って頷き、紙ナプキンで口元を拭《ぬぐ》っていた。だが、体が温まって少し気持ちも落ち着いたのか、またグラスに手を伸ばし頭を抱えている事情を隠すでもなく言った。

「だがな、犯人ならとっくに捕まっていて、裁判で有罪判決を受けて今は塀の中だ」

「そうですよね」

そう言いながらハルもまたバーボンを一口喉に流し込むと、正田の横顔に視線をやった。

「ただ、奇妙なんです」

「何がだ？」

「今回の被害者の方たちです」

「というと？」

正田が急に刑事の目になってこちらを見る。そこでハルはあらかじめ用意していたメモをスーツの内ポケットから取り出してカウンターに置いた。

それを手にして正田がしばらく無言で見つめている。

「これは……」

「つまらない妄想のメモ書きです。でも、わたしも美容専門学校に通っていた頃、あの駅を利用していたので、なんとなく思いついただけです」

そう言うと、メモを正田の手から取ってもう一度カウンターに置いて説明した。

「最初の被害者の時田幸三《ときたこうぞう》さんですね。自宅はS区で勤務先は某部品メーカーの代理店で、オフィスが都内です。通勤にはこの駅を利用します。二人目の被害者の大沢忠男《おおさわただお》さんはI市在住で、コンピューターシステムの会社勤務でしたね。オフィスが都内で、やはりこの駅で乗り換えて通勤されていたと思われます。そして、三人目の清掃業の堀口正信《ほりぐちまさのぶ》さんも東京《とうきょう》の北部に暮らしていて、登録している派遣会社は都内にありますね。そこへ行くとしたら、最短のルートはこのとおり」

そして、横浜在住の四人目の被害者である男性は学生ではあるが、被害に遭った当日も登録しているバイト斡旋《あっせん》会社の紹介により都内で仕事をしてから帰宅の途中だった。二年前に例の駅を利用していたか、調べてみる価値はあるかもしれない。

全員が住んでいる場所と勤めている場所を繋ぐとき、そこにあるのは過去に事件のあったターミナル駅。互いの存在も知らず、単なる行きずりの彼らがその駅のどこかで交錯するわずかな時間があったとしたら……。

「つまりはあの事件のあった駅が、今回の被害者たちの接点だということか?」

「可能性はゼロではないでしょうね」

ただし、今回の被害者たちがあの事件に直接かかわっていたという事実はない。そこから先にまた深く暗い闇が広がっている。そして、キーワードは「復讐」だけだ。

「何度も言うように素人の推測にすぎません。わたしが調べるには限界があります。ただ、以前に正田さんが言っていたでしょう。どんな可能性も一つずつ潰《つぶ》していくしかない。それが捜査だって」

正田は唸るような声を漏らし、しばらく黙り込む。

「もし、この件が気になるのなら、詳しくは捜査本部か科捜研で裏を取って可能性を潰すか、あるいは……」

何か思いもよらない真実が飛び出してくるかもしれない。そこから先はハルの関与できる範疇ではない。

そこまで言ってから、またバーボンを一口流し込む。奇妙な夜だった。好きな男と一緒にいるのに、なぜか微塵も甘い気持ちになれないでいる。そもそも、正田を見れば事件のことで頭がいっぱいだとわかるから、ハルだけが浮かれているわけにはいかないのだ。

このとき、これほどまで心惹かれる男のそばにいながら、自分がどれほど陳に甘やかされてきたのかをまた思い知ることになった。

いや、陳だけではない。これまで恋人となった男たちの誰もがハルに対してどこまでも優しかった。何を犠牲にしてもハルを一番に考えてくれる男ばかりだった。

けれど、正田はけっしてそうではない。だからこそ、惹かれてしまうのだろうか。これまでの誰とも違うことがハルの心を騒がせているだけだろうか。

目新しいオモチャに夢中になるのは構わないが、うっかり本気になって傷つくことなどないと陳は言っている。だからこそ、こんなハルの困惑した気持ちを連れ戻そうとしているのだろう。

そして、自分が意地になっているもう一つの原因も自覚している。ハルは黙り込んで氷の融けたバーボンのグラスを握り締めたままだ。

「毛利さんのこと、ずいぶんと頼りにされているんですね」

「ああ？　なんのことだ？」

べつに絡むつもりはなかったが、そのときの正田の口調がすっとぼけているように聞こえて、神経質になっているハルには少しだけカチンときた。

「だから、毛利さんのことですよ」

「貴則か。奴は……」

それは、正田にしてみれば無意識だったのだろう。毛利を下の名前で呼んだ。だが、それでハルの中で完全にスイッチが入ってしまった。

「命の恩人の息子さんでしょう？　それだけではないですよね？　あなた、湾岸署《わんがん》では『捜査一課の野良犬』とか、いろいろと面白いあだ名をお持ちのようですが、科捜研に行くと『毛利の飼い犬』と呼ばれているそうじゃないですか」

　さすがにそんな言葉を聞いて、正田は露骨に眉を吊《つ》り上げている。だが、すぐにその情報を漏らした犯人を思いつき悪態をつく。

「クソッ。また、福井の馬鹿かっ。あいつ、今度入院しない程度に、血尿出るくらい殴ってやるっ」

　正田なら本当に福井を軽く締め上げそうだ。血尿を出してグルーミングにもこられなくなったら、さすがに文也も心配するだろう。

「将来の上司に向かって物騒なことを。それに、情報をくれるのは彼ばかりでもないですから」

　自分が聞き出したこともありハルが苦笑交じりにそう言うと、正田は途端に刑事の鋭い目になってハルに訊く。

「だったら、陳か？」

　そうだけれど、今この状況でそうだとは言えない。というより、言いたくもない。

「昌光さんのことより、そちらこそ何か申し開きでも？」

「まったく、おまえって奴はどこまで疑り深いんだよ?」

「だったら、彼と寝たことはないと?」

そのとき、正田は眉間《みけん》に皺《しわ》を寄せたまま、しばらく無言になってしまった。

嘘などつけない無骨な男だからこそわかる。否定をしないことが、すなわち答えなのだ。そして、捜査のためとはいえ、今もずっと毛利のそばにいて彼を守り支えているのだろう。

どう答えたらいいのかわからないのか、正田は黙り込んでいる。ハルも訊いておきながら、結局は自分の胸を自分自身で抉《えぐ》ったようなものだった。

すると、しばらくして正田が小さく舌打ちをして吐き捨てるように言った。

「何もこんなときに、そんな話もないだろう」

「それもそうですね……」

ハルも自分の心を落ち着けてそう呟いた。自分がこんなにも嫉妬深いなんて思わなかった。今夜はこれ以上一緒にいると、己の醜いところをもっとさらけ出してしまいそうだった。

ハルは席を立つとバーテンにカードを差し出して会計を頼む。そして、正田を見て言った。

「事件が早く解決することを祈っています。それとここはわたしが選んだ店なので、今夜はわたしのほうで支払います」

だが、正田はバーテンがカードを受け取る前にそれを取り上げて、自分の内ポケットから一万円札を取り出して渡した。

「誘ったのは俺だから、俺が払う」

バーテンは一瞬困ったような顔になったが、そのまま一万円札を手にして釣りの用意をしにカウンターの奥へと引っ込んだ。

「では、お言葉に甘えます。ご馳走様《ちそう》」

突き返されたカードを受け取り、礼を言って正田の横を通り過ぎようとしたが、いきなり手首を取られた。

「待てよっ」

振り返ると、正田が苦渋に満ちた表情でこちらを睨《にら》んでいる。彼にこんな顔をさせたかったわけじゃないのに、どうしてよけいなことを言ってしまったのだろう。せめて事件が解決するまで、プライベートでの問題は棚上げしておくべきだった。

「ごめんなさい……」

「なんで謝る?」

「だって、あなたの言うとおりです。こんなときにする話ではなかったと思いますから」

正田は困ったように一度俯《うつむ》く。だが、まだハルの手を握ったままだ。

「いや、俺はそういうつもりじゃなくて……。つまり、おまえとは……」

言葉を詰まらせているのはどうしてだろう。もしかしたら、ずっと待っていた言葉を彼が口にしてくれるかもしれない。そう思った次の瞬間、その言葉の先が自分の期待とはまったく違うものかもしれないという考えが脳裏を過《よ》ぎる。

たとえば、「おまえとはそういうつもりじゃない」と言われたら、どうしたらいいのだろう。

ハルは急に怖くなって、正田の手から自分の手を引き抜く。

「おい、ハル、ちょっと待てよっ」

正田が呼んだがハルはもう振り返らなかった。今は彼の結論を聞く心の準備ができていない。

そのとき、バーテンが奥から釣りを持ってきたので、正田もすぐには追ってこられなかった。

その間にハルは店を出て、路上で客待ちをしていたタクシーに飛び乗った。自分のマンションの場所を告げると、タクシーがすぐに走り出す。

乗り込んだ後部座席のシートに身を沈め、ドアのほうへと寄りかかる。すると、ドアミラーに店から出てきてこちらを見る正田の姿が映っていた。

ハルはそっと目を閉じる。今夜は、彼の姿が夜の闇に溶けていくのを見守ることさえできなかった。

◆◆

正田《しょうだ》と気まずい別れ方をした数日後、ハルはまた父に会いにいった。来週には予定より早く退院できると聞いたので、病院に見舞いにいくのもこれが最後かもしれない。

もともと体力もあり、年齢もまだ六十手前だ。陳《ちん》の若々しさは特別だとしても、父も今後はもう少し健康に気遣って、仕事であまり無理をしないようにしてくれればいいと思っている。

途中、父親の好きな作家の新刊が出ているのを本屋で見つけて、それを見舞いの品にすることにした。父親の世代はまだ紙媒体のほうがいいらしい。

それに、病室ではタブレット型端末や電子書籍リーダーの持ち込みは基本的に禁止になっている。理由は諸々あるだろうが、そんなものを持たせたらまた父親が仕事をしかねないので禁止でちょうどよかった。

「父さん、具合はどう？」

いつものように一声かけて部屋に入っていくと、ベッドに父親の姿はなかった。父親は一般病棟の三階にある特別室に入っていた。一人部屋は気遣いはいらないが退屈なのか、近頃はちょくちょく中庭に散歩に出ていたりする。

医師からの許可も出ているし、いいリハビリになるだろうからハルも心配はしていない。窓から中庭を見下ろすと、案の定パジャマにガウンを羽織った姿で花壇の前のベンチに座る父の姿が見えた。

少し秋風が寒いだろうと思い、ハルはベッドの上に置かれている膝掛けを持って中庭に下りていった。ベンチに座っていた父親はハルの姿を見て、軽く手を上げて微笑《ほほえ》む。ずいぶんと顔色もいい。

「寒くない？　膝掛けを使ったほうがいいよ」

そう言って父親の膝にそれをかけてやると、自分も隣に座る。こんなふうに父親と並んでベンチに座り、ぼんやり花壇の花を眺めるなんて何年ぶりのことだろう。おそらく、母親が庭の花壇に植えた花を、リビングのソファに並んで座って眺めていた小学生の頃以来だ。

なんだかしんみりとした気分になってしまうのは、正田とのことがあるからだとわかっている。でも、父親のそばにいるときに気落ちした顔などできやしない。

「どうしたんだ？」

「んっ？　何が？」

いきなりどうしたと言われても意味がわからず、父親のほうを見て聞き返す。

「なんだか悩んだ顔をしているぞ」

「そんなこと……。まぁ、いい大人ですから悩みの一つや二つはありますけど、自分で解決できないようなものではないから大丈夫です」

「そうか。だったらいい」

父親はそう言って笑って頷《うなず》く。その言葉は突き放したのではなく、自分のことは自分で管理できる一人前の大人の男だとハルを認めてくれているからだとわかる。

そして、またしばらくの沈黙のあと、父親がゆっくりと話し出した。

「母さんに聞いたが、ずいぶんと人気のある店らしいな」

「え……っ?」

「会員制なんだって。りっぱな店構えじゃないか。写真も見せてもらったよ」

いきなり父親がハルの店について話し出したのでちょっと驚いた。母親がハルの店についてどんなふうに話したのかわからないが、とりあえず曖昧《あいまい》に笑うしかなかった。

「いろいろな人に助けられて、どうにかやっているよ」

「一番力になってくれたのは、やっぱり陳さんなんだろう。彼がハルの後見人としていてくれたから、わたしたちは心のどこかで安心していたところがあった」

中国《ちゅうごく》生まれの父親は日本《にほん》にきて四十年近くになる。帰化してからでも三十年以上だ。陳のように北京《ペキン》語と広東《カントン》語を使うが、日本語ももはや完璧《かんぺき》で中国人独特の訛《なまり》はほとんどない。

ハルもまた北京語は幼少の頃から使い慣れていたが、母国語というなら日本語だ。こうして父親と日本語で話していると、ときおり互いの中にある中国人としての血が薄れているような錯覚を覚える。その反面、おりに触れ、自分たちには大陸の血が流れていると思い出すこともある。

そして、ハルは自分の「孝」が足りなかったことをあらためて考える。

「あの、母さんには謝ったけれど、父さんにもきちんと謝っておきたいんだ。期待されているとわかっていながら、会社を継げなかったのは親不孝だったと思う。こんなふうに倒れるまで親を働かせて、僕は本当に駄目な息子だ。ごめんなさい……」

ハルはベンチから立ち上がると、父親の前に立ってきちんと頭を下げた。すると、そんなハルの手を握ろうと父親が腕を伸ばしてくる。ハルがそれに気づき慌てて、その手を迎えるようにして取った。

「父さん……」

「もういい。謝らなくていい。そもそも、おまえは何も謝るようなことはしていない」

そう言うと、父親はハルがまだこの道に進みたいと告げる前と同じ、優しく温かい笑みを浮かべてみせる。

「これも血筋というものだな」

「え……っ？」

呟《つぶや》いた父親の言葉に、ハルはもう一度ベンチに腰かけて聞き返した。そんなハルに、父親は昔を懐かしむように話し出す。

「わたしが日本の大学を出てこの国に残り起業すると言ったとき、父親はずいぶんと心配して大陸に戻ってこいと何度も言っていたよ」

「お爺様が？」

息子が日本で起業して成功したからこそ、自分もこの国にきて老後を過ごす決心をした祖父だったが、ハルが生まれる以前には父親に対して大陸に戻ってくるよう説得をしていたという。

「それでも、自分の力を試したかった。だから、親不孝を承知で母さんとの結婚を機に日本に帰化した。あの頃の夢中だった自分を思い出せば雅春《まさはる》の気持ちも理解できたはずなのに、自分でも気づかないうちに心がぬるま湯に浸かっていたということかな」

そして、父親は今回の病気であらためて自分の人生を振り返り、ハルに対する頑なだった自分の気持ちを大いに反省したというのだ。

父は隣に座ったハルの顔を見て言葉を続ける。

「自分が苦労したから、息子にはそんな思いをさせたくないというのは親の勝手な思い込みだ。誰だって苦労して一人前になるものだ。成功も挫折《ざせつ》もすべては己が生きてきた証だ。幸運も不運もすべては己の持っている力なんだよ。だからこそ、後悔しないことが一番幸せな人生だと最近になって思う」

病に倒れてもなお力強い言葉でそう言われて、ハルはようやく自分が許され、父親から一人の男として認められた気持ちになった。

その日は一時間ばかり中庭で話して、疲れてきた父親を病室に連れてかえった。そして、ベッドに横になって眠りに落ちるのを見てからそっと病室を出ていく。そこへちょうど入れ替わるように母親がやってきた。

「雅春、きてくれたのね」

「父さんは今眠ったところだから」

毎日のように着替えや父親の好きなものを手作りして面会にきている母親だが、父親の回復とともに彼女もまたすっかり元気になっているようだった。

母はにっこりと笑って、たった今担当医から順調な回復の経過を聞いてきたところだという。この調子なら、来週早々の退院も問題ないようだ。

「父さんが退院したら、また家のほうにきてくれるでしょう?」

母親はまたハルが自分たちから距離を置くのではないかと案じているらしいが、もうそんなつもりはない。さっき父親とともに心を開いて話をすることができた。今は長く心にわだかまっていたものが氷解したような清々しい気分だった。だから、これからは時間が許すかぎり、両親に会いに横浜《よこはま》に戻りたいと思っていた。そのことを母親に約束して、病室をあとにする。

エレベーターで一階のロビーに降りたところで、ハッとしたように足を止めた。正面玄関の広い自動ドアが開き、見覚えのある男が入ってきた。男もすぐにハルの存在に気づき一旦足を止めた。が、またすぐに歩き出して、こちらに向かってくる。

「またお会いしましたね。今日は正田さんはご一緒ではないんですか?」

ハルが笑顔で声をかけた相手は、すれ違いざまに軽く会釈をしていこうとした毛利《もうり》だった。毛利は立ち止まってこちらを向くと、正田や福井《ふくい》に「警察官」というのはこうあるべきだろうと言ってやりたくなるようなきちんとした姿勢と態度で答える。

「今日はわたし一人です」

「例の事件の被害者の方は、まだ入院されているんですか?」

「一命は取り留めましたが重傷でしたので」

ハルはその後の捜査の状況がどうなっているか聞いてみようかと思ったが、彼はよもや福井のようにペラペラと口を割るとは思えなかった。

これ以上会話を引っ張ることもできないし、いつまでも足止めしていては迷惑になるだろう。そう思ってハルもまた軽く頭を下げると、そのまま毛利と別れようとした。だが、どういうわけか今度は毛利のほうから声をかけてきた。

「ところで、先日はうちの正田にいい情報を提供していただいたようで感謝しています」

ハルがちょっと驚いて振り返った。

「あっ、いえ、単なる素人の思いつきですから」

「それと……」

毛利は真っ直ぐにハルの顔を見て、ほんの少しだけ表情を緩めた。その立ち居振る舞いや言葉遣いから堅苦しい印象のある男だが、なぜか眼鏡の奥の視線も少しだけ柔らかくなっていた。

「正田がすごいのを見つけたと言っていました。どれほどのものかと思っていましたが、誇張ではなかったようですね。本当に美しい」

一瞬、毛利が何について話しているのかわからなかったが、それがハル自身のことだとわかり苦笑を漏らすしかなかった。

「あの男、構い甲斐《がい》があるでしょう?」

「それは、確かにそうですね」

ハルは冷静を装って答えているが、毛利の腹の中が読めない。相手の顔色や場の空気を読むのは特技といってもいいし、ハルのカンの鋭さは陳も認めるものだ。人を見極める力も陳からかなり学んだつもりだった。それでも、毛利という男は難しい。何を考えているのかよくわからない。

ハルに対して正田に手を出すなと牽制《けんせい》しているふうでもない。かといって、友好的な雰囲気でもない。なぜハルに向かって正田のことを話すのだろう。

「懐かれると手を焼きますよ」

「そうですか。でも、毛利さんと違って、わたしはまだ彼とそれほど親しくしているわけではありませんから」

すると、毛利は端整だが表情の少ない顔の中で、片眉だけを持ち上げて「おや」という顔になる。

「なるほど。今のあなたの言葉を正田に聞かせてやれば、さぞかし落ち込んで荒れるでしょうね」

ここでもハルは曖昧に笑ってみせるしかなかった。毛利は正田からハルとの関係をどんなふうに聞いているのだろう。ハル自身でさえ二人の関係を明確に言葉にして言えないし、この先どうなるのかもわかっていない。だから、ハルの突き放した言葉を聞いて正田が落ち込むかどうかもわからないのだ。

しばらく二人はロビーでじっと見合ったまま動かなかった。だが、どちらからともなく互いに一礼をして別れ、それぞれ背を向けて歩いていく。

た。

毛利貴則《たかのり》という男。父親との心からの和解で晴れたハルの心に、また薄黒い雲をかけてくれた。

『そいつ、母親が泣いている横でじっと唇を嚙み締めて泣くのをこらえていた。それを見たら、俺も泣いたら駄目だってなぜか思った』

以前、正田がピロートークで話していた。自分を庇《かば》い亡くなった刑事の告別式での様子だ。あのときは、その少年が毛利だとは知らなかった。だが、今はともに警察で働く二人の関係を知ってみれば、複雑でなんとも因縁深い。

陳とハルの関係も容易に人には理解できないものがある。だが、それにも負けないほどの深い何かが彼らの間にもあるのだと思った。

人生においてあまり負け試合を経験したことのないハルなのだ。それは自分に対する自信に繫《つな》がっているが、同時に己の唯一の弱点だとも考えていた。負けや挫折をあまりにも知らずにいると、人は驕《おご》り油断をするからだ。

でも、今度は勝てないかもしれない。よりにもよって、一番負けたくない勝負で自分は負けてしまうのだろうか……。

「ハルさん、ちょっといいですか？」

週明けの店で、朝の打ち合わせが終わったあと文也《ふみや》に声をかけられた。何か仕事の相談かと思ったら、そうではなくてプライベートで話があるので、今夜仕事上がりに少し時間を作ってもらえるだろうかと訊かれた。

おそらく福井のことだろうと思った。今夜は特に予定はないので、仕事のあと近くの店で軽く食事でもしながら話を聞くことにした。

正田と自分の関係は遅々として進まないが、文也と福井はどうなっているのだろう。これまであまり文也のプライベートを聞くようなことはなかったが、この際だから少し踏み込んでみてもいいのかもしれない。

文也とのつき合いもこの店を開店した当時からだから、もうすぐ三年になる。古くからの友人とは違うけれど、多くの時間を共有してこれほど密につき合っている人間は他にいないだろう。そして、彼は今後も自分にとって大切な同胞であることは間違いない。

その日はトモとコージにもまた客を担当してもらい、二人とも少しずつ自信をつけてきているのがわかる。新しく見習いに入った二人も今のところよくやっていると思う。入店して三ヶ月、他の店での経験もあるのに、いまさらお茶の淹《い》れ方から接客の仕方をまた一から仕込まれるのは厳しいものがあるだろう。

それでも、「The Barber Kisaragi」はこれまでの店とは違うということをはっきり理解してもらわなければならないのだ。

ここは、現代を生きる多忙な男たちのための憩《いこ》いの場でなければならない。と同時に、「床屋の原点」でもあるべきだとハルは考えている。最高のサービスを最高の技術とともに提供する場所、それが「The Barber Kisaragi」なのだ。

覚えることは山のようにある。美容関連の知識のみならず、お茶の知識からファッション、さらには施術中に振られた何気ない会話にもついていけるよう幅広い知識を身につけていなければならない。

もちろん、どんなことでも知ったかぶりをしろと言うつもりはない。知らないことは正直に知らないと言えばいいと思う。だが、自分の知らなかったことに対して知りたいという好奇心と向学心を持っていてほしいのだ。そうすれば、たとえ自分の知らない話題がのぼっても、相手の気持ちを削《そ》ぐことはないからだ。

教えてほしいという態度を察すれば、客によってはそのことについて気持ちよく語ってくれるだろう。そして、自分には新たな知識が増える。

また、そのときは客が話題を変えたとしても、そのことについて放置しておかずきちんと勉強しておけばいい。次に来店されたとき少しは勉強したことを伝えれば、まだ足りていない知識を教えてくれるかもしれない。

そうやって己自身をどんどん深くしていくことができる。人生には無駄な知識など一つもない。日々成長していける人間こそがこの店には必要なのだ。

幸い、新しく入った見習いの二人もそういう店のポリシーをおおむね理解してくれているようだ。この先もハルと文也を見て学び、トモとコージから教えを受けて、やがては自分で自信を持って客を担当できるようになってほしい。

開店前には正面玄関の横のディスプレイを少し変えた。季節が進んだので、キューバ産の葉巻と灰皿から木彫りのアンティークの飛行機の模型にして、十九世紀の古書をモノクロ写真の写真集に置き替えた。

玄関のディスプレイを楽しみにしてくれている客も少なくないので、ここは店内のどこよりも凝ったものを飾るようにしている。そんな小物の中にはハルが陳から個人的にプレゼントされたものも多く、よくこのスペースに並べられている。

そういえば、ここのところ陳からのメールがない。いっときは頻繁に会いにくるよう連絡があったが、それがないということは、おそらく海外に出ているのだろう。

近頃は中国と北米、ヨーロッパに加えて、中東での会議に出向くことが増えたと言っていた。

いつかは涸《か》れる資源であっても、まだ今はオイルマネーが世界を動かしているのは事実だ。中東からのオファーで動かすプロジェクトは少なくないはずだ。

そんな陳の多忙にも負けずハルもまた忙しい一日を過ごした。心にわだかまりを抱えていても、店に立つときは美容師として一人の「匠《たくみ》」でありたいと思っている。

そして、閉店後に他の従業員を見送ってから、約束どおり文也と一緒に軽く食事をしていくことにした。二人がちょくちょく利用している近くのバールでワインを飲みながら、今夜はハルのほうから話を切り出した。

「で、相談というのは福井様のことだろう?」

カウンターテーブルの片隅でハルと肩を並べワインを一口飲んだ文也は、小さく頷いてから話しはじめる。

「実は、昨日の夜に食事をご一緒させてもらったんです」

同じ捜査をしているはずなのに、先日会った正田は疲れが見てわかるほどくたびれていた。片や福井は優雅に文也を食事に誘っている。おまけに、案内されたのは都内でも有名なフレンチレストランで、噂では三ヶ月前でなければディナーの予約が取れないという店だ。

「それで楽しかったの?」

「はぁ、まぁ、楽しかったんですが……」

昨日、思いがけず出会った毛利も難しい男だったが、文也もまた不思議な男だ。文也は福井を不思議だと言うが、ハルにしてみれば文也自身もそういう意味ではいい勝負だった。

なので、ハルは決めていたとおり彼の中へと一歩踏み込んでみた。

「ちょっと腹を割ってみようか。文也とのつき合いも短くないし、この先も君とはいい関係でいたいからね。でも、答えたくないことなら無理に話さなくてもいいから」

そう前置きして、ハルは単刀直入に文也の恋愛についてたずねた。

「わたしがゲイなのは知っていると思うけど、文也はどうなの？　それに、今誰かつき合っている人、あるいはパートナーと呼べる人はいるの？」

童顔とはいえ二十七歳の健全な男性だ。これまでに恋愛の一つや二つは経験しているだろうし、公言していないだけで一緒に暮らしている人がいると言われても驚きはしない。よしんば、それが女性であれ男性であれ、ハルはきちんと受けとめてあげるつもりだ。

だが、文也は首を横に振る。

「ゲイの方に偏見はありません。それに、今はつき合っている人はいません」

「じゃ、過去には？」

「何人かは……」

「男性だった？　それとも、女性？」

「最初におつき合いしたのは女性で、そのあとは男性が二人です」

ハルのように最初から同性にしか興味のない人間もいるが、異性との恋愛を経験してから同性に移行する者も珍しくはない。だが、その後文也がどこまで話そうかと困惑の様子を見せながら語り出したのは、なかなか興味深い内容だった。

そもそも、最初の恋愛は美容学校を卒業して見習いとしてある店に入ってからのことだった。知り合いのコネもあり都内でもかなり有名な店でキャリアをスタートさせた文也だが、元来の性格のよさと可愛《かわい》げのある容貌《ようぼう》のおかげで、特に苛《いじ》めの洗礼を受けることもなく働いていたようだ。

お得意様でちょっと名の知れた女優がいて、彼女は担当の美容師にアシスタントには文也をと指名してくれた。そこまではよかったのだが、その女優はよほど文也が気に入ったのか、時間を見つけては店に会いにくるようになった。そのうち休日にはプライベートでも文也を呼び出し、連れ歩いては高価な洋服を買い与え、高級なレストランで食事をさせてくれた。

その女優の名前を聞けば、今でも映画や舞台で活躍している有名人だった。また、独身だが恋多き女性としてもよく週刊誌を賑《にぎ》わせている。

彼女は優しくて母性に溢《あふ》れた人で、社会に出たばかりの文也にしてみれば甘えられる存在だった。また、文也より十歳以上年上だったが、女優という職業柄もあって充分に魅力的で、女性として惹《ひ》かれていたのは事実だそうだ。

ただ、その女優に可愛がられれば可愛がられるほど、店では周囲から浮いた存在になっていき、彼女を担当している美容師からのあたりもきつくなっていった。美容業界にかぎったことではないが、一人一人が競い合う世界では自分自身が強くなければすぐに周囲に追い落とされてしまう。やっかみや妬《ねた》みも多い世界だから、当然といえば当然のことだろう。

「確かに、どの業界でもお客様とのおつき合いは難しいものがあるよね」

店での自分の保身を考えて客との関係を断ち切れば、それはそれでまた店に迷惑をかけることになる。文也は身をもってそれを経験したのか、彼に似合わない悲しげな目をして頷いた。

「僕もまだ二十歳そこそこで世間知らずだったし、今にして思えば全部自分の責任だと思っています」

結論として、文也は店にいられなくなった。せっかくいい店で自分のキャリアをスタートできたのに、思いがけない挫折だった。それでも、その女優との縁は簡単に切れなかったようだ。

新しい店を紹介してあげると言われ、しばらくは文字どおり「若いツバメ」のような暮らしをしたという。このことを話すとき文也は本当に恥じ入ったように身を縮めていた。だが、ハルは以前の事件でおとり捜査に加わったとき、文也にハルが化けた美容関連業界の美人社長の秘書兼若いツバメ役を担当してもらったことを思い出していた。

あのときは文也の演技がなかなかのもので内心感心していたが、どうやらあれは経験があってのことだったようだ。

その後、女優の力添えもあって新しい店に就職はしたものの、今度はプライベートで新たなトラブルが待っていた。元来恋多き女性だった彼女は、その頃には少し社会人としての自覚もできて、しっかりしはじめていた文也に飽きていたのだ。

「ただ、捨てられるだけならよかったんですけどね……」

そういう奔放な女性だから、つき合いも広い。彼女の友人であり、何度も一緒に仕事をしたことのあるスタイリストの男性がいて、彼が前から文也のことに目をつけていたらしい。

三人で飲んでいてもいつしかそのスタイリストの男性と二人きりにされることが多くなり、やがては彼に強引に口説かれるようになった。女優の彼女に飽きられていることは薄々感じていたし、切れるきっかけは文也自身も探していた。

また、スタイリストの彼とは美容関係の話もできたし、それなりに優しくしてもらい文也も懐いていったようだ。その話をしながら、文也はチラッとハルの様子をうかがう。彼の気持ちはわかっている。こんな話をしてしまって、ハルに呆《あき》れられないだろうかと案じているのだ。

だが、ハルはただ黙って話の先を促した。文也もこれまでずっと自分の胸に秘めていたことを、もう一人で抱えているのも疲れたとばかり、開き直ったように言葉を続けた。

「要するに、払い下げられたって感じです。僕は馬鹿だから、それでもそばにいて見守ってくれる人がいればいいと思っていたんです」

その頃、新しい店ではそれなりに楽しく働けていたようで、人間関係のいい店だったので居心地はよかったようだ。そこで今の技術の多くを習得したとも言う。

けれど、新しい彼氏となったスタイリストの男はそういう業界人の人間だからというわけではなく、元来遊び好きなところがあったようだ。文也にも自分の好むかなり乱暴な遊びにつき合わせようと強いてきた。このあたりはさすがに文也も言葉を濁していたが、つまりは過激なセックスばかりか、二人だけではない行為などもあって、文也もついには逃げ出したという。

そして、三人目の恋人とは、仕事上がりに職場の友人に誘われて出かけたゲイバーで知り合ったそうだ。一般の企業勤めの男性でカミングアウトもしておらず、そういう店にやってきたのもその日が初めてだった。

実は文也もその手の店に行ったのは数えるほどで、前の彼氏に何度か連れられてきただけだった。そのせいでお互い慣れない場所で、なんだか所在なげにしているうちにどちらからともなく声をかけ、話を始めたのだという。

これまで遊び慣れた年上の人とばかりつき合っていて、彼のような生真面目そうなタイプが文也には新鮮に思えた。店で互いの連絡先を交換して、二人きりで会って交際に発展するまでに時間はかからなかったそうだ。

だが、その恋愛もまた長くは続かなかった。今度は一流商社勤めという堅い仕事が二人を引き裂いた。

「というより、結局彼とはやっていけない運命だったと思います」

つき合って一年経った頃、彼の海外赴任の話が持ち上がった。別れたくはないけれど、赴任の期間は短くて三年。長くなれば五年。そんなに離れ離れで恋人同士でいられる自信はなかった。

カミングアウトしていない彼だから、文也に一緒に赴任先に行ってくれと言えるわけもない。もちろん、文也もまだ美容師としてのキャリアを積まなければならない時期で、日本を離れる気はなかった。だから、選択肢は「別れ」しかなかったのだ。

「それもまた、辛《つら》い経験だっただろうね」

ハルが遠い日の文也を慰めるように言う。だが、文也は首を横に振った。

「いいえ。あのとき、彼に海外赴任の話があってよかったんです」

「どういうこと?」

「彼は一流商社マンで、心の中で僕の仕事をどこか馬鹿にしていたんです。僕が日本でまだやることがあると言ったとき、彼が内心『たかが美容師じゃないか』って思っているのが見えてしまったんです」

その男にしてみれば、ついてきてくれと言えないくせに、文也のほうからついていけないと言われると自分のプライドが傷ついたのだろう。そういう小さい男はいくらでもいる。文也の言うように、別れて正解だ。

一通りの過去の経験を話し終えると、文也はワインを一口飲んで溜息を漏らした。そして、空元気のような笑みを浮かべて肩を竦《すく》めてみせる。

「僕って、恋愛運がないんです。でも、それは言い訳でしかなくて、本当は自分自身が中途半端だからこんな惨めな恋愛しかできなかったんだと思います。こんな話、本当はみっともなくてハルさんには聞かせたくなかったけど……」

「文也……」

「でも、ハルさんのところにきて、自分が何をするべきかわかったんです。何が好きで、何になら夢中になれるか、自分の進むべき道はここにあるって思えた。だから、今は仕事が楽しくて仕方がないんです」

文也がそんな苦しい過去を抱えていたとは思わなかった。明るく素直な彼もまた笑顔の裏に挫折や寂しさを隠し、一生懸命に自分の道を探しながら生きてきたのだ。

ハルはカウンターテーブルの隣にいる文也の肩に手を伸ばし、黙って彼の体を引き寄せた。

そして、しっかりと抱き締めてやる。

「ハ、ハルさん……」

文也は少し戸惑っていたが、やがて何も言わず黙ってハルの胸に自分の頬を寄せてきた。

「辛い思いをしたんだね。でも、文也だけじゃないさ。誰だってたくさん悪あがきして生きているんだから。それも全部経験だ。文也はそうやって大きくなってきて今がある。嘆くことでも恥じることでもないよ」

自分の胸の中で文也の小さな頭が何度も上下している。嗚咽《おえつ》をこらえているとわかったから、ハルまでせつなくなってしまった。

「ごめんなさい。もう大丈夫です」

どうにか涙をこらえて顔を上げた文也だが、まだ相談は終わっていない。

「それで、福井様のことはどう考えているの？　べつに恋愛は自由だよ。ただし、前にも言ったように店での担当は替わってもらうことになるけれどね」

「そのことなんですけど、僕にはわからないんです」

「わからない？　自分の気持ちが？　それとも、彼の気持ち？」

文也は男性との恋愛経験はあるが、福井のほうはどうもそういう感じがしない。だとしたら、恋人という感覚ではなく、本当に友人として文也とつき合いたいと思っているのかもしれない。

「一緒に食事をしてどんな話をしたの？　そういう意味での言葉はあった？」

「はっきりとではないですが、これからも一緒に出かけたり、食事に行ったりしたいと言われました。そのためなら、店での担当替えも仕方がないって」

「それは、つまりその気はあるってことだよね」

だが、文也はちょっと首を捻《ひね》っている。

「でも、あの人のことですから、なんだかつかみどころがないというか、どこまで本気で言っているのか……。それに、僕のほうも年下とつき合ったことがないので、どういうふうに接したらいいのかよくわからないんです」

文也はこれまで年上の相手にペットのように可愛がられてきた経験しかない。だから、一つ年下の男性が真正面からやってきて手を差し出してくるのを、どう受けとめるべきかすっかり困惑しているのだろう。

それに、店の客という点も最初の女優との経験が苦い思い出となっていて、気になっているに違いない。そんな文也の戸惑いは彼の過去を聞いて初めて理解できる。けれど、そんな彼だからこそ、真っ直ぐに向き合える相手と、つき合うことはけっして悪いことではないと思うのだ。

「福井様はいい人だと思うよ。まぁ、ちょっと不思議な部分もあるかもしれないけれどね」

警察という組織が正義だけで成り立っている嘘偽りのない組織だなどと、小学生のようなことは思っていない。けれど、福井は少なくとも裕福な家庭で真っ直ぐに育てられた青年だということはわかる。

いまどき珍しいほどに、きれいなものはきれいと言い、おかしいことにはおかしいと素直に口に出して言える。そういう怖いもの知らずなところも、育ちのよさゆえだろう。

二人の関係が今後恋愛に発展するか、あるいはプラトニックな友人関係のままなのか、それは誰にもわからない。だが、どういう形であっても、恋愛に傷ついてきた文也の心を癒《いや》す存在として福井は悪い相手だとは思わない。

そのことを噛《か》み砕くようにして話せば、文也もまた心のわだかまりを少しだけ拭《ぬぐ》えたかのようにいつもの柔らかい笑みを漏らす。

「ずっと失敗ばかりしてきたから怖かったんです。でも、ハルさんに背中を押されてみたら、前に進みたかった自分に気づかされた気分です。本当を言うと、僕も福井様と話していると楽しいんです。なんだか、自分のほうがお兄さんなんだって思うことが多々あって、こういう言い方はどうかと思うんですけど、可愛いなぁって……」

人生の泥沼を少なからずかき分けてここまできた文也にしてみれば、まるで生まれたままの赤ん坊がそのまま大きくなったような福井が可愛く見えるのも無理はないかもしれない。

「彼のほうも慣れているとは思えないから、あまり身構えずに少しずつね」

とりあえず、どうなるかは彼ら次第だ。ただ、ハルとしては二人からその報告を受けるまでは担当はそのままにしておくつもりでいた。

正田と自分に比べて、まるで中学生の初恋のように初々しい二人を見ていると、なんだか微笑ましい気分になる。でも、けっして中途半端な気持ちで福井との恋愛を勧めたつもりはない。人は誰かを好きになる気持ちを抑えないほうがいい。それは、人生が厳しければ厳しいほど、生きていくのにとても大きな力になると思うから。誰かを不幸にしてまでとは思わないけれど、それでも恋をする気持ちは持っていたほうがいい。

陳に恋をして以来、ハルもまたいくつかの恋愛を経験して自分が成長してきたと思う。そして、今もまた新たな恋の中にいる。もどかしくてせつないこの恋もまた、自分を育ててくれるに違いない。今夜、文也の少し辛い話を聞いて、ハル自身が勇気をもらったような気がしていた。

◆◆

『会いにおいで。砂漠のバラを君にあげよう』

陳からのメールを見て、やはり中東に出かけていたのだとわかった。

文也と初めて腹を割って話して、少しばかり自分の気持ちも整理ができた。なので、近日中にハルのほうから陳に会いにいって、きちんと気持ちを伝えようかと思っていたときだった。

『今夜、十時に会いにいきます』

店を閉めて、諸々の雑務を終えたらそのくらいの時間になってしまう。忙しい陳に自分の都合に合わせてもらうのは申し訳ないのだが、陳からはいつも『待っているよ』というメールが返ってくる。一度たりとも時間の変更を求めるような返信をもらったことはない。

そんな陳に甘えてきた長い年月を振り返る。愛されていると実感しているし、ハルもまた陳を愛している。けれど、その愛は正田への「愛」とは違うのだ。

これまでの男と正田は違う。だから、ハルの気持ちもこれまでとは違う。そのことに気づいたとき、ハルは正田と陳を引き合わせたことを後悔した。以前、自分が巻き込まれた事件で必然性があって二人を引き合わせたのだが、もしあのとき二人を会わせていなければと思う気持ちもある。

けれど、しょせんそんな小細工をしたところで仕方がない。陳に隠し事などできるわけがない。ハルは誰と恋をしても、誰に心奪われても、陳の作った水槽で泳ぐ赤い金魚であり、彼の作った庭で木々を飛び回る小鳥でしかないのだから。

(でも、譲れない思いがあるから……)

そんな気持ちを持って、ハルはいつものように陳の暮らすホテルに向かった。父親には忙しい陳とはそう頻繁に会っているわけではないと言ったが、こうして仕事上がりにタクシーを飛ばすのはハルにとってほぼ日常だ。

ホテルのエントランスでタクシーが停まり、顔馴染《なじ》みのベルボーイが駆けつけてくる。ハルに丁寧に頭を下げていつものようにエレベーターへと案内してくれる。

「すっかり秋めいてまいりましたね」

何気ない季節の挨拶《あいさつ》だが、その人懐っこい笑顔が業務を感じさせない。要するに、どんな仕事であっても一流になるということはそういうことなのだと思う。彼は今はまだベルボーイだが、やがてはもっと違う場所で顔を合わせることになるだろう。

慣れた足取りで陳の部屋に向かうハルは文也の話を思い出していた。

『自分自身が中途半端だからこんな惨めな恋愛しかできなかったんだと思います』

その言葉にハルは自分の頬を打たれたような気がしたのだ。

ハルが中途半端な気持ちと態度でいるから、この恋が路頭に迷っているのだ。言い訳はしたくない。きちんと前を見ようと思う。

インターフォンを押せば、陳の秘書は何時であろうときちんとした身なりでドアを開ける。彼は眠らないアンドロイドだろうかと疑いたくなるが、それを言うなら陳自身もそうだ。

これまでハルとベッドをともにしても、彼はいつでもハルより先に起きて朝食の準備が整ったテーブルの前で待っている。深夜や早朝に訪ねても、きちんと身なりを整えてハルを笑顔で出迎えてくれる。

まるで、眠る時間など必要ないのかと思うほど、陳という男は精力的なのだ。そして、今夜も秘書が下がったところで、ハルは陳のプライベートルームへと向かう。

ノックとともにドアが開き、中東から戻ってきたばかりなのに時差ボケなどまったく知らないように見える陳がそこに立っていた。

「おかえりなさい、昌光《まさみつ》さん」

ハルがそう言いながら部屋に入ると、彼はさっそくこの体を抱き締めてきて唇を頬に寄せてくる。

「会いたかったよ、ハル。近頃は日本を離れるのが本当に億劫《おっくう》なんだ。もちろん、理由は君に会えなくなるからなんだがね。本当にハルがもう一人いれば、一人を日本に残して一人を連れて歩けるのに」

「何を言っているんですか。クローンなんか連れて歩いても虚《むな》しいだけですよ」

会うなり子どものようなわがままを言う陳に苦笑を漏らしてしまう。

「違うよ。君を連れて歩いて、クローンを日本においておくのさ」

その手があったかとハルが笑う。

「で、中東の旅はどうでした?」

「仕事、仕事、仕事だ。まぁ、砂漠で見たいものなどないけれどね。ああ、そうだ。砂漠といえば、ハルへのお土産《みやげ》がある」

そう言うと、ハルの手を引いて部屋の真ん中にあるラウンドテーブルのところまで連れていく。その上に載っていたのは、直径が二十センチほどある砂漠のバラ。

砂漠のバラは石膏《せっこう》や重晶石でできたものがあり、砂漠のオアシスが干上がるときに水に溶けていた硫酸カルシウムや硫酸バリウムが析出し、結晶を作ったものである。水中でゆっくりと成長した結晶はまるでバラの花のような形状を作るが、大きく形が美しいものは鑑賞用として高価な値がつくのだ。

テーブルの上にあったのは、それは見事な形状の砂漠のバラだった。まるで人間が手作りしたのかと思うほどに、大輪のバラの花が開いている。色も鮮やかなローズピンクで、自然の産物でありながらここまで完成度の高いものは初めて見た。

「すごい……」

ハルは思わずうっとりと呟いた。

「もっと大きなものもあったんだけれどね、形がいまいちでね。やっぱり形の美しさが大事だ。ハルのように端正なものがいい。そして、色も大切だな。このピンクはかなり珍しい。どうかな、気に入ったかい?」

「ええ、とっても。すごくきれいだ」

ハルは指先で砂漠のバラを撫《な》でながらうっとりと呟いた。そして、もう少し秋が深まったら、このバラとモロッコ風の装飾で正面玄関横のウィンドウを飾ってみようと思った。

ステキなお土産をもらい、ハルは陳の頬に唇を寄せて礼を言う。陳はハルの喜ぶ顔を見て大いに満足したようで、手を引いて今度は冷えたシャンパンの用意されたテーブルへと連れていく。

「わたしがいない間、日本では何か面白いことがあったかな?」

日本ではというより、ハル自身にはと問いかけているのだ。なので、ハルは少し頭の中で言葉を整理してから、手渡されたグラスからシャンパンを一口飲んで言う。

「そうですね。今さらですが、自分の気持ちをようやく自覚しました」

「ほぉ。どんな気持ちかな?」

「昌光さんにはとっくにお見通しだったと思いますが、わたしは正田さんが好きです。あの人

にどうしようもなく惹かれている。この気持ちはもうごまかしようがないとわかりました」

ハルがそう言ったとき、いつも柔和な笑みを浮かべている陳の顔から一瞬だけ表情が消えた。

「そうか……。やっぱり、あの男……」

陳が何かを呟いたが、ハルがあまり得意ではない広東語であったことと、あまりにも小さな声だったため聴覚が優れたハルの耳でも聞き取れなかった。

「昌光さん……?」

「いや、ハルの気持ちはわかったよ。それで、彼はどうなんだい？　君の気持ちを受けとめる覚悟はあるのかな？　言っておくが、君たちはなかなか面倒な相手と向き合っているんだよ」

「面倒ですか?」

「そうだ。彼にとって君という存在は毒を含んだ美しい花だ。手にとって抱き締め、その香りを嗅げば虜になり逃れられなくなる。手放せないのに、君を抱き続ければ自分の身を滅ぼす。その板挟みにどこまで耐えていけるかな」

「だったら、わたしにとって彼は?」

「野生の狼《おおかみ》を飼い慣らす自信はあるかい?」

そのとき、ハルは陳もまた正田に対して自分と同じ印象を抱いていたのだとわかった。だが、答えはちゃんとハルの胸の中にある。

「ええ、しっかり手綱をつけて、この手を嘗《な》めさせてやるつもりですよ」

半分は強がりだ。だが、陳はもちろんそれも見透かして笑う。

「君ならやれるだろうね。だが、野生の狼はいつ本能に目覚めるやもしれない。そのときはどんなに懐いていても君の手を噛むだろう。つまり、君たちは一緒にいれば、大きなリスクを背負い続ける関係になる」

陳の言っていることはわかる。自分は毒の花かもしれないし、正田は野生の狼だ。相容れない部分があるのは知っている。けれど、それでもあの男が欲しいと思うのだ。

陳はハルの気持ちを優しい言葉で諭す。

「いいかい、噛みつかれるのが指先ならいいが、野生の狼に加減など望めない。あの男は君の喉元をかき切るような真似をするかもしれない。そんなふうに傷つく君は見たくない。君はわたしの大切な坊やだ。誰にも傷つけさせたくはないんだよ」

「わたしは……」

陳の言葉に追い詰められまいとするが、ずっと陳の腕の中で成長してきたハルにとって彼の声はとても静かでありながら、じわじわと心の中に染み込んでくる。

「もうすぐ三十になるね。出会ったばかりの頃はまだ幼くて人形のように愛らしかった。ずっと君が育っていくのを見守ってきた。学ぶ姿も悩む姿も、ときには誰かに恋をして幸せそうに笑う顔も見てきた。大人になるにつれ君は愛らしいだけの人形から変貌して、本当に美しく成長したね」

いつもと変わらない優しい口調だった。向かいのソファに座っていた陳が立ち上がり、ゆっくりとハルのそばにくる。彼の手がハルの髪に触れ、顔の輪郭に沿うように顎《あご》に落ちていき、指先が唇にあてがわれる。どこか官能的な仕草だった。

「昌光さん……っ」

「しっ……。黙って」

微笑みながらそう言われて、ハルは何も言えなくなる。すると、唇から手を離して、ハルの座る背もたれの低いカウチの後ろ側に回り、今度は背後から両肩に手をかけてくる。そして、ハルの耳元に唇を寄せて囁《ささや》く。

「君のすべてはわたしのものだろう。こんなに愛しているんだよ。最高の素材を見つけたときから、大切に育て上げてきた。何もかもわたしの好みどおり。この髪の一本一本からその足の爪の先まで、すべてが愛おしい。だから、わたしは君をいよいよ手放したくなってしまった」

声色や言葉はいつもと変わらないのに、なぜか今夜の陳はどこかが違う。ハルへの甘い言葉はこれまでも存分に聞かされてきたけれど、今の一言一言にこれまでとは違う執着のようなものが感じられる。

(どうして……?)

ハルはわけがわからず怯《おび》えていた。陳のそばにいて怯える理由がわからなくて、それがまた自分を不安にさせる。

「可愛い坊やはずっとわたしの坊やのままでいるといい」

そう言うと、陳はハルのシャツのボタンを一つ、また一つ開き、胸元へと手を滑り込ませてくる。

「あ……っ。そ、それは……」

「どうしたんだい? この間は久しぶりに君を抱けて楽しかったよ。でも、ワインを飲ませすぎたな。正体をなくしかけている君は魂の抜けたきれいなだけの人形だ。やっぱり、ちゃんとその声でわたしの名前を呼ばせたい。淫《みだ》らなことを口走らせて、もっとねだらせて……」

「あう……っ、い、いや……っ」

胸の突起を強く摘み上げられ、ハルは咄嗟《とっさ》にそう呟いた。すると、陳は何か信じられない言葉を聞いたように少し目を見開いてハルを見る。

「わたしの手を拒むつもりかい? いつも欲しがってくれた君はどうしてしまったんだ? もうすでにあの男に何もかも渡してしまったのかい?」

「そうじゃないんです。そうじゃないけれど……」

ハルはそう言いながらやんわりと陳の手を拒む。そんなハルの前にゆっくり回ってきた陳は、カウチの隣に座り腕を引いて体ごと抱き寄せる。

「この体はわたしが仕込んだものだ。どこに触れればどんな声で啼《な》くか、どこを押せば可愛く乱れるか、何もかも知り尽くしているんだよ。いまさら他の男で満足できるわけがない。そう思わないかい？」

事実かもしれないが、そうではないかもしれない。正田はハルを陳と同じくらい啼かせることができる。ただ、陳のようにこの先十年も二十年もこのままの気持ちで繋がっていられるかどうかは未知数だ。そこに不安がないわけではない。まして、今の段階ではまだ互いの存在を「恋人」と認め合ったわけでもないのだ。

どこまでも曖昧な関係を陳は断ち切ってしまおうとしている。今まではどんな男を連れてきても笑顔で許してくれたのに、今度ばかりはこれまでの陳とまったく違う。

「昌光さん、お願い……」

「お願い？　君の願いならどんなことでも叶《かな》えてきてあげただろう。今度は君がわたしにその心を差し出してくれればいい。知っているかい、ハル？」

話しながらも陳はハルの上着を脱がせ、シャツの前を完全に開き、股間にまで手を伸ばしてくる。身を引いても今夜の彼はその手を止めてはくれない。そして、彼の唇がハルの耳元で囁き続ける。

「あの男は駄目だよ。あの男だけは駄目なんだ」

「どうして?」

白い胸に唇が落ちてきて、ハルが小さく喘《あえ》ぐ。

「理由は簡単だ。あの男はハルの欠片《かけら》さえ残さず、すべて喰らい尽くすからだよ」

「そんなことはない。彼は……、彼に惹かれているけれど、わたしはわたしのままです」

「そうかな? こうして素直に身をあずけてくれなくなった君は、本当に以前の君のままだろうか?」

そう言われると自分でもわからなくなる。すると、陳は小さな溜息を漏らして、ハルの顔を見つめながら言う。

「わたしはこの世の中で欲しいものはすべて手に入れた。けれど、もう富も地位も名声も、何もかもがどうでもよくなってしまった。まぁ、現世を快適に生きていくには金はあればいいと思うし、何よりも自分の愛しい坊やを楽しませてあげるには金も地位もあって邪魔にならないからね」

陳はそう言うと、今回の旅で買ってきた砂漠のバラにチラッと視線をやって笑う。

「あんなもので君の微笑みが手に入るなら安いものだ。安すぎるね。言っただろう。君の望みならなんでも叶えてあげるよ。どうしてかわかるかい？　それは、わたしが君を愛しているからだ。君だけを愛しているんだよ」

ハルはもう震えて声が出なくなっていた。どうしてこんなことになってしまったのだろう。困惑しながらも脳裏では陳との長い年月がまるでスライドショーのようにフラッシュバックしている。

「ずっとこの手で大切に育ててきた、わたしだけのバラの花だった。そのかぐわしい香りに誘われて男たちが寄ってくるのは仕方がない。蜜《みつ》くらいならいくらでも分け与えてもいい。だが、このバラを手折る者だけは許さない、けっしてね。わたしはね、この世で欲しいものはもう君だけなんだよ、ハル。気づいていなかったかもしれないが本当のことを教えてあげよう。今のわたしにとって、君だけが生きている理由と証なんだ」

さすがにその言葉にはハルも目を見開いた。まさか陳からそんな言葉を聞かされるとは思っていなかった。戯言《ざれごと》なら笑って何か気のきいた受け答えもできるが、そうではないとわかるから返す言葉がなかった。そして、漏らした言葉は、頭を整理するだけの時間稼ぎにもならなかった。

「冗談は……」

「冗談なんかじゃないさ」

すぐさまハルの言葉を遮って、陳はさらに真剣な表情で言う。

「世の中は複雑で単純だ。大きなものを手に入れるプロセスは、自分がその道を歩いているときはまるで巨大な迷路のように複雑だった。だが、それを手に入れて一番高い場所から歩いてきた道を見れば、人は勝手に迷ってきただけで、実際は笑ってしまうほど単純な道のりなんだよ」

それは、頂上に登りつめたわずかな人間だけが言える言葉だった。そして、陳は間違いなくその一人だ。

「だから、ここにいて世の中を見渡していると、ひどく虚しい気持ちになるんだ。それでも、この世の中には光り輝くものは確かにある。それが君だよ、ハル。わたしにとって、もはやすべての行動原理は君という存在の微笑みのためにある」

だからこそ、ハルという丹精込めて育てた花を手折っていこうとしている正田は許さないと言う。

（ああ、そうだったんだ……）

陳の本音を聴かされたとき、ハルはようやく自分の中で何か大きくて大切なものがストンと心のどこかに落ちた気がした。こんな状況になって、ハルは初めて陳の自分への執着を思い知らされた。愛されて、大切にされているのだと思っていたけれどそれだけではなかったのだ。

これまでずっと光がキラキラと輝く水面で泳いでいたけれど、ハルは初めてこの水槽の一番深いところまで潜ってきたのかもしれない。そして、そこにあったものを知って、怯えと同時にこれ以上ないほどの感慨を覚えた。喜びと安堵《あんど》とせつなさと甘い疼《うず》き。それらのすべての感情が入り混じった不思議な感慨だった。

陳の言うとおり、ハルという存在は彼の手によって育てられた。実の両親がいても、実質的にハルが己の人間形成において両親以上に多大な影響を受けたのは陳だ。そういう意味では、ハルは陳の作品と言っても過言ではない。

「どこへも行かないで、わたしのそばにいるんだ。君はわたしだけの美しい花だ。他の人間には毒が強すぎて耐えられるわけがない」

棘《とげ》なら誰もが警戒するが、ハルは成長の過程で陳によって少しずつ毒を盛られて育った花だ。大きく美しい大輪の花を咲かせてはいても、誰もが容易に触れることのできない花。けれど、正田はそんな毒もろとも喰らいついてきた。

だからこそ惹かれた。陳の人形でしかない自分をどこかで意識していた。これまでの恋ではそこから結局は脱却できなかった。このまま自分はどこへも行けないのかもしれない。そんな諦《あきら》めにも似た気持ちがあったのも事実だ。

そんなとき現れた正田は、ハルにとって予期せぬ男だった。孤独を恐れない、強い魂を持った男。でも、陳は許してくれないという。

「正田さんを思うことも許されないんですか?」

「思っているだけでは苦しいだろう。だから、忘れたほうがいいんだよ。どうしても忘れられないと言うのなら……」

「言うのなら……?」

ハルは陳にその先の言葉を訊いた。陳はいつものように優しい笑みを浮かべて、ハルの胸から首へとその手を動かした。その手にそっと力が入るのがわかる。

けっして自分を傷つけることはないと信じていた人が、今はそれを厭《いと》わない目で自分を見つめている。この命を全部あずけてきた人なのに、よもやこんな日がくるとは想像もしていなかった。

正田に惹かれたハルを陳は許してくれないという。これまでどんなことも笑って許してくれた人が、初めてハルに「ノー」を突きつけてきた。

ずっと大切に育ててきてもらった自分は、陳にたくさんの「仁」を与えられてきた。それに見合うかどうかはわからないが、精一杯の「儀」を返してきたつもりだった。けれど、陳が与えてくれたものは「仁」だけではなかったのだ。

それは、純然たる「愛」だったということだ。それに気づかなかったのは、あまりにも長く当たり前のように陳の腕の中にいたから。

今の自分に同じだけの「愛」は返せない。心はごまかしようもなく正田のことを思っているから。だったら、自分は陳に何を返せるのだろう。どんなに考えても、すべてを持っている陳に対してハルが差し出せるものは何もない。

だったら、この命でこれまでの「愛」に応えるしかない気がした。そう思ったときハルは全身から力を抜く。そして、首にかかった陳の手に自らの手を重ねて力を込めた。

「昌光さん、命尽きるまでわたしはあなたのものです。それは今もそう思っています。わたしを作ったのはあなたです。だから、あなたが壊したいと思ったときはそうしてください。わたしは抵抗しませんから。ただ……」

「ただ……?」

ハルの落ち着いた声色に、陳が少し首を傾《かし》げてやっぱり微笑んでいる。この人はきっとハルの息の根を止めるときも、ずっとこうして微笑みながら最期の瞬間まで見届けてくれるのだろう。

「ただ、壊していらなくなった体は正田さんに渡してほしい。それだけです」

ハルはにっこりと笑って言った。

それまで笑顔だった陳の表情が一瞬消えた。しばらくの沈黙があり、見つめ合ったままどのくらい時間が過ぎただろう。ほんの数秒だったような気もするし、数分が過ぎていたような気もする。

一度は消えた陳の笑みが戻り、ゆっくりとハルの首から彼の手が離れていった。そして、前が開かれたハルのシャツを合わせてくれる。

「昌光さん……」

陳が何を考えているのかわからずに、ハルは戸惑いとともに彼の名前を呟いた。すると、カウチから立ち上がった陳は黙ってハルのそばから離れると窓辺に立って、これまで一度も見たことのない苦渋の表情で眼下の夜の街を見下ろしていた。

誰よりも大切な人を、たった今自分は裏切ってしまった。陳を傷つけてしまったハル自身もまた、この身がズタズタに引き裂かれたように痛い。他人にはけっして理解してもらえない、ある意味いびつな関係に甘えてきた結果がこれなのだ。どんなに辛くても、陳もハルも受けとめるしかない。

やがて陳が顔を上げてハルのほうへと向き直る。

「君の気持ちはよくわかったよ」

優しい声が聞き慣れた穏やかな口調で言うと、陳はドアのほうへとチラリと視線をやった。

「今夜はもう帰りなさい。誰かのものになった君を見ているのが辛いからね。でも、わたしはハルを愛しているよ。この気持ちはこの命が尽きるまで変わらない。それだけは覚えておいてほしい」

陳のその気持ちが、今となっては体の芯《しん》まで突き刺さるようだった。

それでも、ハルは黙って立ち上がると、乱れた服装を手早く整える。ドアへ向かうとき、陳のほうを振り返ろうとして思いとどまった。ただ、ドアを出るとき振り返らないままではあったが小さな声で言う。

「おやすみなさい、昌光さん」

「おやすみ、わたしの可愛い坊や」

いつもと何も変わらない言葉を交わしているのに、いつもとはまるで違う寂しさが心を支配していた。自分で選んだことだから後悔はしていない。けれど、この寂しさは何かに似ている。

(ああ、そうだ……)

それは、自分の進む道を理解してもらうことができず、両親の元から離れたときのあの寂しさと同じだ。ハルは高速エレベーターが一階に着くまでの短い時間、たまらず両手で顔を覆い嗚咽を漏らすのだった。

「ハルさん、荷物が届いています」

最後に陳のところを訪問して数日後、店に入ると同時に新しく入ったアシスタントがそう言ってハルの事務所に両手で抱えた箱を持ってきた。礼を言って受け取り、箱の送り主を見て小さな溜息を漏らす。

そこには個人名ではなく社名が書かれていて、あまりにも見覚えのある陳の経営する企業の日本の代理店名だった。箱を開けると、あの日もらった砂漠のバラが丁寧に梱包《こんぽう》されて入っていた。その横にはカードも添えられている。

『どんなときも君を大切に思っているよ』

短いメッセージの後ろにはいつもの「M」の文字。

あんなことがあってもまだハルを大切に思ってくれている。その気持ちは充分に伝わってくる。

ハルはあの夜、陳のところから帰るときに言葉にならない寂しさを感じていた。両親と距離を置いたときと同じ寂しさだ。自分の志を理解してもらえなくても、両親への尊敬と愛情が消えることはない。それと同じで、自分の恋心を理解してもらえなくても、陳への特別な思いが消えることもない。

ハルはデスクの上に出した砂漠のバラを見つめながら、あの夜からも自分の気持ちが変わらないことを確かめていた。

そのとき、文也がノックして入ってきて、いつものように一日の予定を報告にくる。今日も予定が詰まっているが、季節の変わり目の忙しさは一段落していた。

「それから、福井様は昨日のうちにキャンセルが入りましたので、僕は六時からの後藤《ごとう》様のコースがラストになります」

表情には出していないが、文也が少し残念に思っているのはわかる。

「福井様がキャンセルというのは、珍しいね」

「あの、あまり口外はしないほうがいいと思うんですが、例の事件が動いているようでお忙しいとのことでした」

どんなときもマイペースの福井が捜査に奔走しているとしたら、正田はどうしているだろう。二週間近く前に、気まずい雰囲気で別れたままだ。会いたい気持ちはあるけれど、この事件が解決するまでは正田とも距離を取っておくほうがいいと思っていた。

「早く解決するといいね」

ハルが言うと、文也もまた心配そうに呟く。

「そうですね。福井様が忙しいなんて物騒な世の中は困りますよね」

まったくそのとおりで、ハルは思わず微笑んで頷いた。そのとき、文也がデスクの上を見て軽く驚きの声を上げる。

「それって、もしかして『砂漠のバラ』ですか？」

「おや、知っているの？」

「つい先日、鉱物に関するサイトを検索していて、偶然ネットで写真を見たんです。でも、こんなにりっぱで、形と色の美しいものが存在するんですね」

担当している客の誰かにそんな話を聞かされたのだろうか。文也は自分の知らないことがあると、すぐにネットや書物で調べて自分の知識の底辺を広げようと努力をする。そういう姿勢をハルは何よりも買っている。

「サハラ砂漠へ行っていた友人からのお土産だよ。次のウィンドウディスプレイに使おうと思ってね」

「それはステキですね」

うっとりと眺める文也の胸の内にも福井を案じる気持ちがあるのだろう。同じようにハルの心も正田を案じている。けれど、彼らは刑事で、自分たちは理容師だ。まったく違う世界で生きているから、彼らに対してできることは、心に思いつつも無事を祈ることだけだった。


その日、ハルは閉店してからウィンドウのディスプレイを文也に手伝ってもらい替えていた。冬に向かう季節には、温かみのあるディスプレイにしたい。けれど、陳腐なハロウィーンやクリスマスのデコレーションにはしたくない。

そして、もちろんメインになるのは陳にもらった砂漠のバラだ。

深い赤のシルク布の上に置かれた砂漠のバラの周囲にはアンティークの砂時計にベネチアングラスのデカンタとワイングラス、さらにはモロッコの最高級アルガンオイルのクラシックなボトルを並べてみた。

ハルが何度か表に回って照明とのバランスを確かめ、文也が位置をずらしたり布の皺を作り直したりしていた。

「ええっ、捕まったんだ、犯人。どんな奴だった?」

「なんか普通の人だったよ。そんな連続通り魔殺人なんかしそうにない、どっちかというと地味な感じ」

「でも、そういう人が案外わからないのよね」

ハルが何度目かに表に出たとき、ちょうど道を歩いていたＯＬ風の女性たちがそんな会話を交わしているのが耳に入った。それを聞いたハルはすぐさま店に入り、ディスプレイウィンドウの扉を閉めて文也とともに事務所に行く。パソコンを起こしてテレビに切り替えると、ゴールデンタイムの番組の上の部分にニュース速報のテロップが流れていた。

『連続通り魔事件の犯人の身柄を確保。現在湾岸《わんがん》署に搬送中』

それだけの情報だったが、さっきの女性たちの話は本当だったようだ。あらためてネットのニュース速報も確認したら、こちらは犯人を搬送するワゴン車を空から捉えた写真が載っていて、今日の逮捕劇のあらましがすでに記事になっていた。

「よかった。捕まったんですね」

文也がホッとしたように肩を下ろしていた。ネットの記事によると、都内某所で刑事に職務質問された容疑者が逃走。その三十分後に、地下街に紛れ込んでいた男を刑事が取り押さえたとのことだった。

ハルもとりあえずその速報を見て安堵したものの、同時に一歩間違えれば大変なことになっていたはずだと肝が冷えた。職務質問しておきながら容疑者に逃走を許したというのは、警察としては大きな失態だ。三十分後に身柄を確保したからよかったけれど、そのまま逃走を続けていたらと考えるとゾッとする。

なにしろ相手は四人に重傷を負わせているのだ。追いつめられることによって自暴自棄になり手当たり次第に人を襲っていたら、大惨事になっていた可能性もある。そうなっていたら、警察が捜査の甘さについてどれほど非難を受けていたかわからない。正田と福井もこの事件を担当していると知っているから、そんな憂き目に遭わずにすんでハルもまた心から安堵していた。

そして、もう一度ディスプレイを確認してから店を閉めて、ハルは文也と別れ自宅に戻った。自宅に戻ってシャワーを浴びてから、あらためてテレビをつけて夜のニュース番組で続報を見る。逮捕から数時間が過ぎて、警察の発表もあった。

それらの情報とともに、犯人逮捕のときの状況や事件の背景も少しばかり見えてきた。そして、まだ推測の域を出ないとは断りながらも、各テレビ局が独自の取材でまとめた事件の詳細を語っていた。

『世間を騒がせていた連続通り魔事件の容疑者として逮捕された長谷川《はせがわ》悠一《ゆういち》（27歳）は、一連の事件について犯行を認める供述をしているということです。また、現在の時点ではまだその動機についてはすべてを語ってはいないということですが、ただ長谷川容疑者によると、これは復讐《ふくしゅう》であるということを口にしているとのことです』

容疑者の「長谷川」という姓を聞いたとき、ハルは思わずやるせない溜息を漏らした。自分にはなんの係わり合いもない事件だったのに、正田の力になりたいと調べたサイトで見た名前に間違いなかった。

二年前の事件で亡くなった学生の名前も長谷川だった。ハルの推測は一部でも当たっていたのだろうか。けれど、本当はそんなことはどうでもいい。いずれマスコミの情報を通じてある程度の真実を知ることになるだろうから、ハルにはそれで充分だ。

それよりも、正田がようやくこの事件から解放されることがハルにとっては朗報だった。だが、これから事情聴取をして事件の裏取りをしなければならない。刑事にとって事件は犯人を逮捕してそれで終わりではない。

マスコミの情報として流れることなど、真実のごく一部でしかない。敵に回せば厄介で、味方につけても信用ができない。それがマスコミなのだと陳は言っていた。ハルもそのとおりだと思う。

そして、事件が解明されるほどに正田や福井たちは真実を思い知らされ、現実の闇を受けとめていかなければならないのだ。

犯人逮捕後の必要な業務がすべて終わったら、ハルは正田に会いに行こうと思っている。携帯電話には彼の番号があるから、電話をして都合のいい時間を聞けばいいだけだ。

意地を張って今までそれをしなかった自分が馬鹿みたいだった。でも、もうわだかまりはない。陳の腕の中がどれほど心地よくても、ハルが欲しいのは別の腕なのだ。

ところが、そんな決意をした矢先のことだった。犯人逮捕の翌日、ハルが閉店後にまだ事務所で今月の収支のデータをまとめていたところに電話が鳴った。

『俺だ。今、店の裏口にいる。まだそこにいるのか？』

いきなりの正田からの電話だった。ハルは驚きのあまり返事も忘れて、携帯電話を握ったまま裏口へと走っていきドアを開けた。

「正田さん……」

「よぉ、久しぶりだな」

本当に久しぶりで、あんな別れ方をして以来だというのに、この男の言葉と態度はあまりにもいつもどおりだった。

「訪ねてくるのは勝手ですけど、せめて裏口に着く三十分前に連絡できないんですか？　わたしが帰宅していたらどうするつもりだったんです？」

「そのときは帰るだけだ。べつに問題ない」

狼が餌場《えさ》に餌がなければ、ねぐらに戻るだけと言っているように聞こえてちょっと呆れる。

だが、それ以上にくたびれきって、ヨレヨレになっているその姿にもっと呆れる。

ボサボサの髪といつもの無精髭。眉毛の手入れなんか絶対にしていない。寝不足と疲労で肌《はだ》艶《つや》は最悪。彼の全身がハルの神経を逆撫でしていて、このままこの男を放置しておいたら苛立《いらだ》ちでハルのほうが酸欠を起こしそうだった。

「とにかく、入ってください」

きっぱりと言うと、正田を裏口から店に入れてドアを閉める。そして、そのまま腕を引いて一番近くの個室に連れていく。

「そこに座ってください」

「おい、おまえの得意なグルーミングとやらを受けにきたんじゃないぞ。第一、俺はこの店の会員じゃない」

「何しにきたのか知りませんけど、とにかくそのボロボロでヨレヨレの姿をどうにかしないと話をする気にもなれません」

ハルが一度片付けた道具を出しながら言うと、正田が途端に不機嫌な表情になる。

「誰が『ボロボロ』で、『ヨレヨレ』だ? おまえ、前から思っていたが、実はものすごく失礼な奴だな」

「何を今さら。前から言ってあったはずですよ。元来は皮肉屋だってね」

それもまた陳に育てられた自分が含む毒の一つなのだ。だからこそハルは「毒の花」で、それを知っても正田は苦笑を漏らしているだけだ。

「皮肉屋なら、せめてもう少しもって回った言い方をしろよ。おまえはなんでも直球すぎるんだよ。それとも、それは俺に対してだけか？　だったら、なおさら勘弁しろよな」

ぶつぶつと文句を言い続ける正田を無理矢理シートに座らせて、首にタオルを巻きガウンをかけてやる。

「ああ、まずいな。これは本当にまずい……」

「どうしてですか？　磨き上げていると、また上司に嫌味を言われ、婦警にからかわれるからですか？」

以前にもサービスで何度か正田のグルーミングをしてやったが、そのたびに彼は署であれこれと言われると気にしていたのだ。

だが、今夜ばかりはそうじゃないと首を小さく横に振っている。その仕草さえひどく疲れているのだとわかるくらいで、ハルは急に意地の悪い自分を引っ込めて言う。

「ずっと働きづめなんですから、たまにはリラックスしても神様の罰は当たりませんよ」

すると、正田も諦めたように大人しくなったが、それでもまだ困ったように呟く。

「上司とか婦警とか、そんなもんはどうでもいい。ただ、おまえの手にかかると、俺は飼い慣らされた猫にでもなったような気になる。それがなんともな……」

心地が悪いんだろう。だが、その言葉にハルの心は擽《くすぐ》られてしまう。

「それは申し訳ないと思いますが、こんな男にかかわったのが運のつきだと思って諦めてください」

自分の手で男を磨き上げる。その楽しさを存分に味わうことのできる最高の素材が今ここにいる。ハルはもう得物を手に入れた気分で鋏《はさみ》を手にした。

無言の室内にシャキシャキと鋏の音だけが響いている。会員登録している客なら、こんなふうに無言で施術することはない。客が起きているかぎりはゆったりと会話を続けるが、疲れていて転寝《うたたね》を始めれば即座に声かけをやめる。

今もそのタイミングを計っていたが、意外にも疲れきっているはずの正田が沈黙を破るように口を開いた。

「おまえの読みは当たっていたよ」

「えっ？」

いきなりの言葉にわけがわからず、ハルは一瞬だけ鋏を止めてしまった。そんなハルの動揺に正田が気づかなかったのは、疲れきった彼がじっと目を閉じていたからだ。

「容疑者はあの駅で殺された被害者の兄だった。今回の一連の通り魔事件は、弟のための復讐だったんだ。つまりはそういうことだ」

　事件を担当した正田本人がそう言っている。これが真実なのだと思うと、ハルの心が怯えと痛みを覚える。と同時に、自分の推察がどこまで正しかったのかを知りたいという欲望にかられる。けれど、刑事である正田がそれを話すわけもない。正田は福井と違うのだ。

「なぜあの四人が狙《ねら》われたか知りたいんだろう?」

　正田がハルの胸の内を見透かしたようにたずねる。ハルは小さく笑って言う。

「警察の方が一般人に捜査の内容を話してはいけないんでしょう。いつも福井様にそう言っているじゃないですか」

「まぁな。けどよ、この店は客との会話は他言しないんだろう」

「それは、もちろん」

「だったら、いいさ。それに言っただろ。おまえの読みどおりだったってな」

　大学生がホームレスを助けようとして酔っ払いに殺された事件については、犯人は逮捕されて服役中だ。だったら、なぜあの四人は復讐の対象となったのか。

「実はな、今回の連続通り魔事件の犯人はもう一人襲う予定だった。だから、まだ捕まりたくなかったって言ってる」

「目的は五人への復讐……」

「そうだ。これまで通り魔と見せかけて襲われた四人と最後の一人の共通点は、おまえが推測していたとおりあの学生が殺された駅だった。五人は全員、あの日あの時間、あの駅にいて事件を目撃していたんだ」

五人がそれぞれの事情で早朝のあの駅を利用し、酔っ払いがホームレスに暴行を働いている現場を目撃していた。そして、それを見て一人の青年が止めに入ったことも、その後彼らが揉《も》み合っているところも見ている。それらは、事件後に警察が事情聴取した記録に残っていた。

その共通点に警察が気づかなかったのは、彼らはあくまでも目撃者であって容疑者ではなく、また過去に前科を持っている者もいなかったからだ。警察のコンピューターにおさまっている膨大な情報を、一つの事件の目撃者という括《くく》りで仕分けることはできなかったのだ。

「その五人はあの事件のあと全員目撃証言をしている。内容はほぼ同じだ。だが、それってのは裏を返せば連中は見て見ぬふりをしたってことだ。勇気ある青年がホームレスを庇《かば》って酔っ払いに殺されるのをな」

きっと青年は酔っ払いと揉み合いになったとき、周囲にいた彼らに救いを求めたはずだ。もしあのとき一人でもあの大学生に加勢していれば、彼は死なずにすんだかもしれない。犯人は逮捕されて服役していても、身内としてはあのとき見て見ぬふりをした連中も同罪だと思えたのだろう。

「彼らは早くに両親を亡くし、二人きりの兄弟だったんだ」

「え……っ？」

正田は二年前の事件の被害者の大学生と、今回の連続通り魔事件の容疑者である兄の関係について、淡々とした口調で話す。それは、感情移入すれば辛くなるから、あえて事実だけを語ろうとしている口調だった。

彼らは二人きりの兄弟だった。両親は早くに亡くなり施設で育ったものの、兄が高校卒業後に車の整備会社に勤務して弟を引き取った。

生活は苦しかったが、弟は勉強ができたので兄はなんとかやりくりして大学へ通わせていた。弟も兄の期待に応えようと学業に励みながらも、バイトをかけ持ちして頑張っていたらしい。貧しいながらもつましく生きていた兄弟だった。なのに、弟は正義感が強かったばかりに、あまりにも理不尽な死を強いられた。

「兄貴にしてみればたった一人の身内であった可愛い弟が死に、もう夢も希望もなくなっちまったんだろうな。その絶望は犯人が法によって裁かれても何一つ晴れることはなかったんだ」

そして、あのときの目撃者の情報を得て、彼らさえ弟に加勢してくれていたならという恨みに変わっていった。弟の理不尽な死に対する復讐。それが今回の通り魔事件の真相だったのだ。

すべてを聞かされた今、ハルはやるせない溜息を漏らさざるを得なかった。残酷で憎むべき犯罪は数多《あまた》とあるが、こんな悲しい事件もきっと少なくないはずだ。それでも犯罪を憎み、犯人を逮捕しなければならない。それが刑事という仕事なのだ。

ハルはやるせない心持ちで呟いた。

「情状酌量の余地もありますよね」

四人の人間を非情に傷つけた罪は重い。実刑は免れないだろう。せめてもの救いがあるとすれば、今回の一連の事件で死人が出ていないことだ。ハルが容疑者のことを考えていると、正田がうっすらと目を開いて言った。

「解決してみれば、やっぱりあの駅がすべての接点だったとわかった。おまえがそれを教えてくれた。毛利も感心していたぞ」

そう言ってから、正田は鏡の中に映るハルと視線を合わせる。正田が毛利の名前を出したのは、きっとわざとだ。その視線がこれまでと違い、毛利のことを話していても微塵《みじん》も揺らぐことがない。

「毛利は日本とアメリカの大学で心理学を学び科捜研に入った男だ。それでも、奴は常日頃から言っている。プロファイリングなんか一つの可能性でしかないとな。俺はそういう考え方が気に入っているんだ」

その可能性の一つ一つの裏を取り、犯人を挙げるのが刑事の仕事だと正田は考えている。だから、二人はうまく噛み合うのかもしれない。

ハルは正田と最後に会った日からずっと考えてきた。陳と自分の関係があるかぎり、毛利と正田の関係を責めることはできない。自分にはそんな権利はないのだ。

これまで陳の存在が父であり、母であり、兄でありスポンサーであるというだけで、それをすべての免罪符にしていた自分がいる。けれど、正田はそれを認めないだろう。ハルが陳から離れないかぎり、彼はハルを恋人として受け入れることはない。今はもうそのことに気づいている。だから、毛利と正田のことに関してとやかく言う気持ちは完全に失せていた。

今のハルは正田が難しい事件から解放されたことだけが嬉しい。ただそれだけだ。

「いずれにしても、容疑者を逮捕できてよかったです。それに、あなたも無事だったから……」

どんなにボロボロになってもいい。帰ってきてくれることだけで充分に嬉しい。だから、今夜は存分に正田の髪を切り、無精髭を剃《そ》りあげ、フェイシャルのトリートメントもしてやった。

正田はいやがってもハルがきつく動かないように言うと、聞き分けのない子どもが渋々大人しくなるように黙り込む。そして、シートを起こして最後の仕上げをしていると、またポツリポツリと話しはじめた。今夜の正田は妙に饒舌《じょうぜつ》だ。きっと事件が解決して、まだ気持ちの中で興奮が冷めやらないのだろう。

「なぁ、俺が刑事になった理由は前に話したよな」

「ええ、聞きましたよ」

犯罪に巻き込まれ、自分を救ってくれた人が目の前で亡くなった。そんな経験をした正田だからこそ世の中の悪を放置するまいと決めた。それは、自分が背負ったトラウマを乗り越えるためであり、同時に若くして殉職した刑事の遺志を継ぐためだったのだ。

「なのに、捕まえても捕まえても世の中は犯罪者だらけだ。法で裁くよりもいっそこの手で始末してやりたいと思った犯人だって大勢いたさ」

そう言ってから、軽く咳払《せきばら》いをした正田が「そうはしなかったけどな」と自嘲《じちょう》気味に呟いたので、ハルは苦笑を漏らさざるを得なかった。

「賢明な判断でしたね。わたしとしては、あなたが今も刑事でいられて何よりだと思っていますよ」

「当たり前だ。復讐なんかしても、人は絶対に幸せになんかなれやしない。わかっていたさ。でも、今度の事件ではそのことをあらためて思い知らされた気分だ」

そうして、また正田という男の心の中にこの世の澱《おり》が溜まっていく。辛い仕事だと思うけれど、それが正田の選んだ道なのだ。

「なぁ、ハル、人は弱いな。本当に呆れるほどに弱いよ。それを思い知るたび俺はせつなくなる。なんでこんな弱い生き物同士で傷つけ合うんだろうな」

「正田さん……」

仕上げを終えて、ガウンとタオルを取るとそこにはすっかり美しくなった男がいた。安物のスーツさえ気にならないほどに、色っぽくていい男だ。

ハルはだらしなく緩んでいる正田のネクタイを締めようと襟元に手を伸ばした。すると、正田がその手を握ってハルの体を引き寄せる。

「あ……っ」

バランスを崩したハルの体がシートに座っている正田の膝の上に倒れる。すぐに体を起こそうとしたが、彼の手はハルの腰を抱き寄せ、自分の膝の上に抱え上げてしまう。

「俺が痩《や》せただのやつれただのと言っているが、おまえのほうこそ体重が減ったんじゃないか？　腕が回ってもまだ余るぞ」

そう言いながら抱き締められて、ハルもまた正田の胸へともたれていった。

「あなたが犯人を追っている間に、わたしも少しばかり人生の転機を迎えていたんですよ」

長年待ち望んでいた両親との和解と、思いがけずできた陳との間の精神的な溝。そして、今自分を抱き締める男への気持ちに揺れて過ごした日々だった。

「そうか。それで、おまえはどうするんだ？　どうしたいんだよ？」

施術の間、転寝もせずに話し続けていた正田だが、ここにきて疲れがドッと出てきたかのように物憂い声でそう問いかける。

「わたしは欲しいものがあるんです」

「偶然だな。俺もだ」

二人は顔を近づけ、目を閉じてどちらからともなく唇を合わせた。濡《ぬ》れた音が微《かす》かに響き、舌を絡め合って互いを貪《むさぼ》った。

仕事場でこんな真似をしているなんて、自分で自分の作ったルールを破っているようで少しばかりきまりが悪い。けれど、正田はこの店の客じゃない。あくまでも、個人的にハルに会いにきただけ。そして、ハルもまた個人的に彼をグルーミングしただけ。

「んんっ、あ……っ」

唇を離してはまた重ね、頬や顎に触れ、髪を撫でる。それだけでこんなにも気持ちが高ぶる。

「毛利は……、奴とは……」

「いや、言わないで。もう、いいから……」

ハルが毛利のことを口にしようとしたから、ハルが唇を無理矢理重ねて言葉を封じる。正田の手がハルの腰をまさぐり、もう片方の手でうなじを撫で上げる。このままだと我慢ができなくなりそうで、思わずハルが唇を離して、少し正田の胸から体を起こす。

「さすがに店でこれ以上はできませんから。続きはまた今度」

ハルが乱れた髪を手櫛《てぐし》で整えながら苦笑交じりに言う。正田も唇をペロリと自分の舌で嘗めて、諦めたようにハルの体を離した。

シートから立ち上がった正田のスーツを調えてやり、今度こそきちんとネクタイを締め直してやった。すると、正田がもう一度ハルを抱き締めて、そのままの格好で言う。

「もう四、五年ほど前だ。当時暮らしていたアパートが老朽化で取り壊しが決まってな」

「え……っ？」

突然なんの話だろうとハルが正田の腕の中で首を傾げる。だが、正田はハルをぎゅっと抱き締めたまま、少しばかり気まずそうに言葉を続ける。

「新しい部屋を探していたんだが、そのときちょっと厄介な事件の捜査本部に加わっていて、忙しくてそんなことをやっている暇がなかった」

それで昔からの知り合いなのをいいことに、毛利のところに数ヶ月ほど転がり込んでいたという。陳が意味深長に言っていた二人の同棲《どうせい》というのは、どうやらこの時期のことらしい。

「まぁ、要するにそういうことだ」

正田が開き直ったように言ったが、そのとき二人の間に何があったのか探ればきりがないだろう。ただ、はっきりとわかっていることがある。

「でも、あの人はあなたにとって特別な人でしょう?」

正田はハルを抱き締めた腕に少し力をこめていたが、微かに頷いたのがわかった。命の恩人の息子だ。互いにいろいろと複雑な感情はあっただろう。出会ったのが告別式の日で、それから二人だけの長く深い時間があったはず。

正田は一つ深い吐息を漏らすと言った。

「ああ、特別な男だ。だがな、奴とは無理なんだ。それはお互いわかっている。あの事件があるかぎり、俺たちは純粋な気持ちでは向き合えないからな」

正田に罪はなくても、彼を庇ったせいで毛利の父親は死んだ。当時まだ十歳だった毛利にとっては、気持ちを整理するために乗り越えなければならないものが多くあったのだろう。そして、正田は自分のせいで毛利の父親が死んだという、一生逃れることのできない負い目がある。そんな二人だから、純粋な恋愛感情は構築できないということだ。

ハルが彼らの間にある重い現実を思いやり言葉に困っていると、正田がまた唐突に話を変える。

「俺は、この事件のカタがついたら、おまえとのことも決着をつけるつもりだ」

「正田さん……」

「だから、どんな答えでもいい。おまえも気持ちを決めてくれ」

正田はそう言うと、今一度ハルの唇に口づけてゆっくりと体を離す。そして、きびすを返すと店の裏口に向かう。その背中を追いかけようとしたら、彼の言葉で止められた。

「見送りはいい。客じゃないからな」

それだけ言うと、ちょっと手を挙げて去っていく。ハルはその夜もまた、彼の背中を見送ることしかできなかった。

◆◆

正田《しょうだ》から事件の詳細を聞いた翌日から、世間は連続通り魔事件の犯行の裏側にあった事実に驚愕《きょうがく》させられることになった。

二年前に傷害致死の被害者となった大学生の事件は、あらためて世間の同情を引いたものの、今回の復讐劇《ふくしゅう》については当然ながら批判の声が強い。

無理もないだろう。いつなんどき自分が事件の目撃者になるやもしれないのだ。そして、そんなときどれだけの人が勇気を持って助けに入れるだろう。見て見ぬふりをしたのは褒められたことではないが、それによって復讐の対象にされるのはあまりにも理不尽な話だ。

ただ、両親を早くに亡くした二人きりの兄弟は、肩を寄せ合い懸命に生きていた。兄は自分の夢も希望もすべてを有名大学に通う弟に託し、学費を稼ぐために働き続ける人生だったのだ。そんな彼の人生から弟の存在が消えてしまった。

悲しみに暮れ、絶望し、やがては自暴自棄になっていった。考えることはいつも同じ。あのとき、誰でもいいから弟の加勢をしてくれれば命だけは助かったかもしれない。そんな思いが募るほどに心が復讐へと傾いていった。

その後、警察の取り調べには素直に応じているようで、もはや憑《つ》き物《もの》が落ちたようにすべてを包み隠さず話しているという。もちろん、それは新聞やニュースからの情報もあるが、もう一人確かな情報屋が「The Barber Kisaragi」には客として出入りしている。

「とまぁ、そういうわけで、犯人を取り押さえたのは正田先輩なんですが、今回はなんかいつもと違ってたんですよね」

「違うというと、どういうふうにでしょう?」

例によって一日の最後に予約を入れて文也《ふみや》の施術を受けた福井《ふくい》だが、今日もハルが自らお茶を運んでいくと事件についてあれこれと話して聞かせてくれる。

あまり福井から捜査の内容を聞き出すと、正田に叱《しか》られるとわかっている。けれど、福井はハルが知らない現場の正田の姿を知っている。それが聞きたくて、ついつい少しばかり水を向けてしまうのだが、福井が期待以上に口が軽いのはいつもどおりだった。

「ここだけの話ですけどね、正田先輩って犯人検挙率はダントツに高いんですけど、始末書の枚数もまたダントツだって話、以前にもしましたよね。その内容のほとんどが、逮捕時にやりすぎましたって反省文だから困っちゃうというか、笑っちゃうというか……」

絶対に笑うところではないと思うが、福井には面白いらしく一人で肩を震わせてしのび笑いを漏らしている。

「犯人を取り押さえてもまだ暴れていたりすると、わざとあり得ない格好にして手錠をかけるんですよ。けっこう意地が悪いんだから」

それは、前にハルもこの目で見ている。あのときは身長の低い男だったので、右手首と左足首に背中側で手錠をかけていた。エビゾリの格好になった犯人は相当苦しそうだったが、あのときはハルも襲われたばかりで犯人に同情する余裕はなかった。

「それだけじゃないんですよ。正田先輩の十八番ともいえる技で、『必殺見返り蹴《げ》り』というのがあってですね……」

「なんですか、それは?」

文也も福井の不謹慎だが軽妙とも言える話に耳を傾けるだけでなく、片付けの手を止めて質問までしている。

「これは極悪犯にかぎってのことですが、手錠をかけてから犯人を連行していくじゃないですか。でも、往生際のいい犯人ばかりじゃないですからね。署に着いて身柄を他の者にまかせてから犯人が先輩に向かって悪態の一つもつこうものなら、すかさず振り返って腹に一発蹴りを入れるというものです」

「なるほど、それで『見返り蹴り』ですか」

ハルが納得してにっこり微笑《ほほえ》む。

「もう刑事でなければ、あの人が傷害罪で逮捕ですよ」

刑事でも一歩間違えれば傷害罪ではないだろうか。だが、周囲は身内の警察官ばかりなので、とりあえず全員が見て見ぬふりでやりすごすらしい。もっとも、容疑者の訴えで弁護士が騒ぎ立てることも少なくなくて、最終的には正田が始末書を書く羽目になるという。

その光景はあまりにも容易に想像できて、やっぱり笑えない。けれど、福井は今回ばかりは違っていたという。

「犯人があまり抵抗しなかったこともありますが、それでも三十分はたっぷり逃げ回っていたんですよ」

それは、彼にはもう一人復讐するべき人間がいて、それまでは捕まるわけにはいかないと思っていたからだろう。

「普通なら、犯人を取り押さえた時点で正田先輩のあり得ない手錠がけがあっても不思議じゃなかった。なにしろ、あのとき犯人は警察をひどくなじっていましたからね」

それは、過去の事件に関して、検察の責任追及の甘さを罵《ののし》っていたのだろう。だが、正田はごく普通に手錠をかけたあと、署に着いてからどんな悪態を聞かされてもいつもの「必殺見返り蹴り」を炸裂《さくれつ》させなかったそうだ。

毛利《もうり》による事件のプロファイリングを聞いていた正田には、犯人に対して少なからず同情の気持ちがあったはずだ。犯人を逮捕した夜に正田に会って詳細を聞いていたハルには、彼のやるせない気持ちがよくわかる。

「それは福井様がその場にいて、うまく止めたからじゃないですか?」

文也が可愛い理由を無理矢理こじつけている。それでも、単純な福井は途端に照れたように整えたばかりの頭をかいて笑う。

「やっぱりそうかな。僕、自分で言うのもなんですけど、けっこう正田先輩の歯止めになっていると思うんですよね」

ハルと文也はにっこり笑って頷《うなず》いてみせる。もちろん、腹の中で思っていることは口にしない。文也はいざ知らず、ハルは正田が福井のことを「入院しない程度に、血尿が出るほど殴ってやる」という言葉を聞いているだけに、そのうちそれが現実にならないよう心の中で合掌するばかりだった。

福井の見送りを文也にまかせ、店の片付けをして事務所に戻ったときだった。デスクに置いてあるハルの携帯電話が鳴っていた。慌てて電話に出たので着信表示を見なかったが、こんな時間にかけてくるとしたら陳《ちん》くらいだろうと思っていた。だが、陳との関係は少しばかり微妙なことになっていて、あの日以来直接連絡を取っていない。

ところが、電話の通話ボタンを押すなり耳に届いた声は陳ではなかった。つい数日前にふらりと店にきて、ハルの心に灯火《ともしび》だけを残して去っていった正田だった。

『おい、俺は今から陳のところへ行く。おまえもすぐにこい。いいな』

それだけ言うと電話は切れてしまった。

すぐにかけ直したが、すでに携帯電話の電源が切られていた。確信犯だとわかってハルは大急ぎで帰宅の支度をすると、文也に戸締まりを頼み裏口から店を出た。

いくら正田が国家権力を後ろ盾に持つ刑事だといっても、陳にそれは通じない。いきなり訪ねていって会える人間ではないのだ。前回はハルが一緒だったから、陳も笑顔で正田に会い、事件のための情報提供もしてくれた。だが、彼が一人で訪ねたら、最上階に上がるエレベーターにさえ乗り込めない可能性がある。

それほどにホテルのセキュリティは厳重であり、陳が個人的に雇っているSPの目も節穴ではない。ハルだからこそ、ホテルの入り口からエレベーターまで案内を受け、そして陳のいる部屋までいっさいのチェックが入ることなくたどり着くことができるのだ。

ホテルに着くなりひどく焦った気分でタクシーを降りると、いつもどおり正面玄関にいるベルボーイにたずねる。

「ミスター・陳のところへ来客があったと思うんだが……」

追い返されていたとしたらまだロビーあたりにいるかもしれないと思ったが、ベルボーイからは意外な返事があった。

「はい、陳様に問い合わせたところ、緊急に会わなければならない方ということでしたので、さっき最上階にご案内したところです」

これは陳の気まぐれだろうか。彼のスケジュールは分刻みだ。ハルに会っているときだけはそんな素振りを見せないが、その裏で秘書が必死で予定の変更や調整をしていることは知っている。

そんな陳が、いきなりやってきた正田を部屋に通したという。ただし、部屋に通されたからといって、それでよかったというわけでもない。むしろハルの心を奪った憎らしい男として、今頃は針のムシロにいて悲鳴を上げている可能性もある。

もっとも、正田がそんなに簡単に悲鳴を上げるとも思えないが、それだけに陳の攻撃の手も温くはないだろうと想像すれば、ハルの歩調は否応《いやおう》なしに速くなる。

通い慣れた廊下を歩き、いつものようにインターフォンを押す。しばらくしてドアを開けたのは、例によって感情をどこかに置き忘れてきたような陳の秘書だ。

「正田さんは？　ここにきているんだろう？」

「お見えになっております。こちらへどうぞ」

ハルらしくもなく焦ってそうたずねれば、陳の秘書はまったく表情を変えることなく部屋の入り口近くのリビングへ案内する。

陳を訪ねてくる政財界の連中と会合するための応接間なので、それなりの広さがある。だが、それだけでなく、陳の身を守るためにあらゆる仕掛けがある部屋だ。鏡は奥の部屋からこちらの様子を確認できるようにマジックミラーになっており、万一のときの隠し扉もいくつかある。常にモニタリングされていて、ここで少しでも怪しげな真似をすれば、すぐにＳＰが飛んでくる。

正田を最初に連れてきたときにも通されたリビングへハルが駆けつけると、部屋の中央にあるマホガニーのテーブルを挟んで陳と正田が座っていた。

正田はどこかふて腐れたような顔をして、目の前に用意されたお茶にも手をつけず陳を睨《にら》んでいる。片や陳のほうはまるでそこに人などいないかのように、一人優雅に紅茶を飲んでいた。

「正田さんっ」

ハルが思わず部屋に駆け込み、彼の名前を呼んだ。

「よぉ、早かったな」

当然だ。電話を受けて店の片付けも文也にまかせ、取るものもとりあえず駆けつけてきたのだ。ハルは息を切らせて二人の前に立った。

「これは、いったい……」

どういうつもりなのかと正田にたずねる前に陳がすぐさま立ち上がり、いつものようにハルを歓迎する。

「やっと可愛い坊やの顔を見ることができた。ここのところ会いにきてくれないから寂しかったよ」

両手を広げてハルを抱き寄せ、頬《ほお》や額に唇を寄せてくるのはいつもの挨拶《あいさつ》だ。だが、今夜はそばに正田がいるから素直にそれを受けることができない。ハルがさりげなく身を引けば、陳は笑顔のままだが視線に少し強い光を宿して正田とハルを交互に見た。

「今夜は思いがけない来客でね。少し彼と話をしていたんだが、なにやらハルに関して相談があるということだ」

陳のあくまでも穏やかな言葉に対して、正田が険しい声色で言う。

「相談じゃない。俺はこいつを……」

言いかけたところで、正田の気持ちを逆撫《さかな》でするとわかっていて陳がもう一度ハルの体を抱き寄せる。そういう挑発的な態度を取るのも陳らしくない。だが、今夜は何もかもが異例なことばかりで、ハルは自分の気持ちを整理するのに忙しい。

「ハルをどうするつもりかな？　どうするつもりであろうと、彼のことに関してはわたしの許可を取ってもらわないと困るんだよ。何しろわたしはハルの父親であり母親であり、兄でありアドバイザーでスポンサーだ。つまりは、今の彼にとってのすべてだ。そしてハルもまた、わたしにとってのすべてなんだよ。そのことをわかって、ハルをどうするつもりなのか聞かせてもらおうか」

陳の口調は相変わらず柔らかいが、ハルでさえ聞いたことのないような強烈な威圧感がある。自分からハルを奪っていこうとするものは、誰であろうと許さないという強い意志がそこに含まれている。すべては正田に向けられた言葉なのだが、まるでハルのほうが目の前にナイフを突きつけられて脅されているかのような感覚を覚えて身を硬くする。

そして、見れば正田でさえ彼らしくもなく緊張に頬を引きつらせているのがわかった。捜査のためならどんな場所でもどんな状況でも、ときには人を喰《く》ったように不遜《ふそん》な態度で出ていく男だ。陳に対しても最初からこびへつらうことなど微塵《みじん》もなかった。そんな男でさえ今は地面を爪《つめ》でかき、威嚇するばかりの狼《おおかみ》になっている。

だが、そのままジリジリと後ろに下がるような狼ではない。正田はむしろ前に身を乗り出し、そればかりか陳の腕の中で困惑しながらも微《かす》かに震えていたハルを指差して言う。

「俺はこいつが欲しい。だから、あんたにはそれを認めてもらうつもりだ」

「わたしがそれを認めるとでも？」

何かくだらない冗談でも耳にしたように、陳が笑って正田の顔を正面から見据える。

ハルを挟み睨み合う二人の間でしばらくの沈黙が続いた。二人の顔を交互に見て何かを言わなければと思いながらも、ハルの頭の中で言葉がまとまらない。

『どんな答えでもいい。おまえも気持ちを決めてくれ』と言われていた。ハルの心はすでに決まっている。言うべき言葉もわかっているつもりだ。それなのに、陳を前にするとハルの唇は強張《こわば》る。この間はあれほどはっきりと自分の意思を陳に伝えることができたのに、今はそれがたまらなく怖いのだ。

なぜだろうと思ったが、その理由はすぐにわかった。ハルは正田の身を案じているのだ。陳の力をもってすれば、この世から一人の刑事を抹殺することも可能だ。文字どおり殺すわけでなく、社会から弾き出す方法はいくらでもある。自分のせいで正田をそんな目に遭わせるわけにはいかない。

(どうすればいいんだ……)

そのとき、迷うハルに向かって正田が訊いた。

「ハル、おまえの気持ちは決まっているのか?」

ビクリと体を何かに打たれたような気がした。心は決まっているのに、正田のことを思って身動きが取れなくなっている。だが、正田はハルの胸の内を知ってか知らずか、決断を促すように言った。

「細かいことは考えるな。よけいな心配も必要ない。俺が知りたいのはおまえの気持ちだけだ」

そう言われて、目の前で指先をパチンと弾かれたように目が覚めた。相手が陳であろうと、正田には関係ない。自分に降りかかった火の粉は自分の手で振り払う男だ。ハルがその心配をして案じることなど何もない。野生の狼は今また、青く冴《さ》え冴《ざ》えとした炎をまとって陳に対峙《たいじ》している。

ハルは正田と視線を合わせてから静かに頷き、きっぱりと自分の思いを告げた。

「わたしもあなたが欲しい……」

その言葉は重かった。正田はこれまでの恋人とは違う。陳の許さない相手と一緒になりたいと告げることは、陳の腕の中から出ていくことを意味する。自分を育んでくれた大きな存在から巣立つことに怯えや不安がないと言えば嘘になる。それでも、正田を思う気持ちはもはや止められないのだ。

「だったら、こいよ」

正田が手を差し伸べた。ハルは一度だけ陳のほうを見てから、自分に向かって差し出された手を握ろうとする。そのとき、陳が静かな声で言った。

「ハル、君は本当にそれでいいのか？」

陳の問いかけに足が止まる。正田とはまだ指先が触れ合う手前だった。

つい先日、ハルはようやく自分の生き方を両親に認めてもらったばかりだ。両親と距離を取っていたとき、陳は誰よりもハルの味方になってくれた。それだけではない。物心ついたときから、常にハルのそばにいてその成長を見守ってきてくれた人だ。

好きな男ができたことで今度は陳と距離ができるのかと思うと、それはまた身を切られるように辛《つら》いことだった。陳は自分にとってはどんな状況になろうとも特別な男には違いない。けれど、自分が愛しているのは正田なのだ。

「これがわたしの出した答えですから」

ハルの言葉に陳はその端正な顔に失望をあらわにし、深い溜息を漏らす。

「君はもうわたしだけの花ではなくなってしまうんだね」

「昌光《まさみつ》さん……」

詫《わ》びの言葉など、この裏切りに対してはなんの意味も持たないとわかっている。それでも、言わずにはいられない。正田の手を取る寸前だったハルが、陳のほうへと向き直り彼の胸元に手をやって心からの詫びを口にする。

「昌光さん、許して。でも、彼を愛しているんです。気がついたら、もう心が彼のことでいっぱいになっていた。こんなことは初めてで、自分でも戸惑ってしまったんです。でも、やっぱり彼が欲しいという気持ちは止められない」

そして、ハルは今度こそ陳に背を向けて正田の手を取ろうとした、その瞬間だった。いきなり陳の手が首筋に回り、ハルの体は彼に背後から抱きかかえられる格好になる。

「ひぃ……っ」

「おいっ、なんの真似だっ?」

正田が何か不穏なものを感じて叫ぶ。ハルもいきなりのことに焦って身を捩《よじ》ったが、陳の力は強くその拘束から抜け出すことはできなかった。

「まだ少年の頃から愛情だけをそそいで育ててきたというのに、こんなどこの馬の骨ともわからない男に大切な花を手折られるとは、実に許しがたいことだ。それなら、いっそこの手で先に手折ってしまおうか」

そう言うと、陳はすぐそばのデスクのところまでハルを引きずっていき、革のトレイに並べられていたプラチナ製のペーパーナイフを手に取った。そして、その尖《とが》った先端をハルの喉元に突きつける。

「よせっ。ハルを離せっ」

正田が怒鳴って駆け寄ろうとするが、陳の視線がそれを止めた。それ以上近づけばハルの喉にナイフが刺さると暗に告げられて、正田は身動きができなくなる。

そうやって視線で正田を牽制《けんせい》しながらも、陳はハルに向かって問いかける。

「ねぇ、ハル。君はわたしがそのつもりなら、この手で殺してもいいと言っただろう？　あの気持ちに偽りはないのかい？」

思いもよらない陳の行動に、ハルの頭は一瞬真っ白になっていた。この喉に彼の手が回った前回とは違う。あのときとはあきらかに違う殺気が漂っていた。陳の手で自分は本当に殺されるのだと思った。そして、頭の芯《しん》がじんと冷えていくのを感じていた。

さっきまで陳が飲んでいたアールグレイの紅茶の香りが鼻腔を擽《くすぐ》り、耳には微かな正田の呼吸の音と陳の心臓の音が聞こえる。喉に回った陳の腕に触れている指先には、イタリアのカノニコ社の高級ウールで仕立てたスーツの感触。緊張した舌が自然と上顎の裏に押しつけられるのは、渇きを感じて唾液《だえき》の分泌を促そうとしているからだ。

そして、気がつけば見開いた両目が目の前の正田をしっかりと見つめていた。彼は陳の動きを見据えたままスーツの内ポケットに手を入れたが、すぐに眉間《みけん》に皺《しわ》を寄せている。

彼が何をしようとしていたかはわかる。刑事の習性で咄嗟《とっさ》に拳銃を出して構えようとしたのだ。だが、今の彼は凶悪犯を追っていたわけではない。拳銃を携帯していないことを思い出し、内心舌打ちしていたのだろう。そして、今度は素早く視線を左右に動かし、何か武器になるものはないかを探している。

もちろん、陳もそれに気づいているがわざと気づかぬふりをしている。正田が何かアクションを起こせば、すぐにSPが飛び込んでくる。あの連中は拳銃を持っている。万一陳の身に危険が及べば、彼らはためらわず正田に向かって引き金を引くだろう。

死を身近に感じた途端ハルの五感がフル活動して、それらの情報を瞬時に脳内で仕分けていた。そして、大きな深呼吸を一つすると、まずは正田に向かって言った。

「正田さん、何もしないでください。けっして動かないで。わたしを信じてください」

ハルの言葉に正田は「なぜだ」と問いたげに眉を上げる。だが、ハルの落ち着いた笑みを見

て、とりあえずはこの場はハルを信じてまかせようと思ったのか、緊張していた指先から力を抜いたのがわかった。

反対にハルの背後では陳が首に回した腕に力をこめる。正田を陥れることができなくなって、ペーパーナイフの切っ先がハルの白い喉にわずかに刺さる。

だが、ハルは恐れることなく言った。

「昌光さん、わたしが言ったことに偽りはありません。あなたがそれを望むなら、わたしはあなたの腕の中で死にます。ただ、あのときにお願いしたことを覚えていますよね？」

「さて、なんだっただろう？」

陳はわざととぼけてみせる。だが、ハルはあくまでも冷静にあのときと同じ言葉を口にする。

「わたしという人間は、あなたによって作られたも同然です。だから、あなたがそうしたいなら殺してくれても構いません。ただ、遺体は正田さんに渡してくださいね。それだけは約束してほしい。そして、それがわたしの最後のわがままです」

これまでたくさんのわがままを叶《かな》えてきてもらった。だから、最後の願いもどうか叶えてほしい。ハルはそれだけ言うと、目を閉じて力を抜き、体を陳へとあずけた。

陳がハルの喉にナイフを突き立てたあと、いくらか意識の残っているうちに正田がこの体を抱き締めに駆け寄ってくれるといい。そうすれば、最後には彼の温もりの中で死んでいけるから。言葉にはしないが、頭の中ではそんなことを思い描きながら、ハルは運命の瞬間をじっと待った。

だが、その瞬間はなかなかやってこなかった。長い沈黙が部屋に流れていた。どのくらいが過ぎただろう。

「いい加減にしろよ。ハルを離せっ」

業を煮やしたように正田が低い唸《うな》り声でそう言った。それでも、陳はしばらくの間ハルを抱きかかえたままだったが、やがてわずかにその腕から力が抜けてナイフの切っ先が逸《そ》れるのがわかった。

そのわずかな隙《すき》を見逃さず、正田が一気に距離を詰めてハルの手をつかみ自分のほうへと抱き寄せようとした。だが、陳も簡単にそれを許すはずがなかった。

素早くペーパーナイフを逆手に握り直し、ハルの手をつかんだ正田の手の甲に向かって振り下ろす。だが、それを目の端でとらえたハルが咄嗟に握られている手首を返して、自分の手のひらが上にくるようにした。

「馬鹿っ。よせ……っ」

「うっ、ハル……っ」

正田と陳が同時に声を出した瞬間、陳の手がピタリと止まった。ナイフの先端はちょうどハルの手のひらに今まさに突き刺さろうとしたところだった。

ハルの手のひらの上に、米粒ほどの赤い血の固まりが浮き上がった。だが、それ以上の出血はない。陳の抜群の反射神経がミリ単位でナイフを止めたのだ。

三人が息を呑《の》んでその手のひらを見つめていたが、陳がハルの肩に手をかけるよりも早く正田がハルの体を引き寄せた。あまりにも強く抱き寄せられて、ハルは彼の胸の中に飛び込む格好になった。

「ハル、大丈夫か?」

耳元で正田の声がした。陳の腕の中とは違う。包み込まれるような安堵《あんど》感ではない。もっと激しく心が揺さぶられる。この男がハルに与えるものは優しさや深い愛情だけではない。せつなさも胸の痛みもすべてを与えられて、ハルはこの男に惹《ひ》かれていった。そして、ただ愛しい男。それがハルにとっての正田だった。

「ええ、大丈夫……」

そう呟《つぶや》いて、ハルは彼の顔を見上げる。

抱き合っている二人の背後で、陳がゆっくりと窓辺に向かって歩いていくのがわかった。正田の胸の中でハルが振り返ると、陳は窓から街の夜景を見下ろす位置に立って小さな溜息をついている。その手にはまだペーパーナイフが握られていたが、次の瞬間そのナイフを思いっきり壁に向かって投げつけた。

プラチナの鋭い切っ先が壁に突き刺さり、美しい細工の施された柄の部分がしばらくの間揺れていた。それを見た正田とハルは、抱き合ったまま再び緊張した面持ちで陳に視線を移す。

「さて、どうしたものかな」

陳は何かを思案しているような言葉を口にする。ハルの身柄が正田の腕の中にあったとしても、二人の関係をすんなりと認めてもらえるとは思っていない。

どうすれば陳の心が鎮まり、二人がこの部屋を無事に出ることができるのかハルにもわからないのだ。すると、陳は一度高い天井を仰ぐように見上げてから、こちらに向き直り言った。

「本当にね、わたしの大事な坊やを奪った男も、わたしの腕からすり抜けて他の男のものになった可愛い金魚も、この手でくびり殺してやりたいね」

それは、穏やかでいつも以上にゆったりとした口調だった。それだけに陳の怨念《おんねん》のようなものがこもっているのがわかる。正田もまたそれを感じとったのか、彼は思わずハルを背後に押しやり、自分が矢面に立つ格好になった。

陳はもう何も持っていない。拳銃もナイフも、人を傷つけるようなものはその手にないというのに、それでもまだはっきりとこの身に危険を感じていた。まるで、気迫だけで人を殺しそうなほど、強烈な殺意がひしひしと伝わってくる。

そのまましばらく正田が陳を睨みつけていたが、陳が視線を逸らしたときなぜかスッとその恐ろしい気配が消えた。そして、彼はハルを見ると寂しげな笑みを浮かべて言う。

「だが、わたしにはハルを殺すことはできない。それは、自分を殺すのも同じだ。君のいない世界で生きている意味がわたしにはないんだよ。そして、わたしはまだこの世に未練がある。自分一人の人生にではなく、君と生きる人生に未練があるんだ。だから、わたしには君を殺せない」

それほどに愛しているという陳の言葉がハルの胸に突き刺さる。それでも、もう陳のところへは帰れない。そんなハルの気持ちをもう充分にわかっている陳は、正田に視線を移す。

「そして、おまえだ」

寂しげな笑みは消え、今度は忌々《いまいま》しさにその表情が歪《ゆが》む。

「おまえを殺せば、ハルは一生わたしを許さないだろう。それもまたわたしにとっては生きて地獄をさまようようなものだ。だから……」

そこまで言うと、陳は肩から力を抜いて言う。

「だから、今はおまえたちを許してやろう。すべてはハルのためだ。そのことを忘れるな」

陳が正田に向かって最後の釘を刺す。だが、それで怖気《おじけ》づくこともなければ、殊勝に感謝の言葉を口にする男でもない。

ただ、黙ってハルの肩に手を回し部屋を出ていこうとする。そんな正田に陳が背後から声をかける。

「ただし、わたしはハルの父親であり母親であり、兄でありアドバイザーでスポンサーだ。その関係だけは絶つつもりはないから、そのつもりでいてくれ」

正田がまた牙《きば》を剝《む》きそうな勢いで振り返る。すると、陳は人を喰ったような笑みを浮かべて言う。

「それとも何か？　君と恋愛をするためには親子の縁まで切れとでも言うのか？」

いくら正田でも、さすがにそれは人として口にできないことだった。認めざるを得ない現実に、小さな舌打ちをする。そんな正田の苛立《いらだ》ちを無視して、陳はハルにも声をかける。

「ハル、すまなかったね。危うく君の手を傷つけてしまうところだった。その手は君が築き上げた財産だ。大事にしなければ、君の大勢の客たちが悲しむことになる」

「昌光さん……」

正田を傷つけたくない思いで咄嗟に手を返してしまったが、もしこの手にあのナイフが深く突き刺さり、筋を傷つけ神経をやられていたら、もう二度と鋏《はさみ》を握れなくなっていたかもしれない。それを思うと、今さらながらに冷や汗がドッと背筋に流れ落ちる。

陳の言うとおり、この手だけがハルの財産だ。あの一瞬の判断でナイフを止めてくれた陳に、また一つ大きな借りを作ったような気分だった。

「ありがとうございます。わがままを許してくださって感謝しています」

「わたしは君の喜ぶ顔を見るためならどんなことでもする男だよ。だから、いつでも戻っておいで。君の一番居心地のいい場所は、いつだってここにあるんだからね」

ハルは苦笑を漏らすしかなかった。けれど、そんな言葉の裏にはたっぷりと陳の愛情と優しさがあることを知っている。さらに、正田にも最後の言葉をかけ忘れない。

「ああ、それから、正田刑事。殉職の際は豪勢な供花を贈るから、これからも都民の公僕として凶悪犯逮捕に励んでくれ」

それを聞いた正田が、目を吊《つ》り上げて振り返り怒鳴った。

「俺は死ぬために刑事やってんじゃねぇよっ」

福井が話していた正田の口癖だ。もちろん、ハルとしてもやっと愛しい男を手に入れたのだ。そう簡単に死んでもらっては困る。

正直、陳なら正田に手を下すこともできそうだが、それはハルのためにしないと言ってくれた。その言葉は信じたいと思う。それに、新しい恋人もまた黙って殺されるような男ではないから、きっと大丈夫だと信じている……。

◆◆

ホテルを出たあと、タクシーを飛ばしてハルのマンションまでやってきた。

部屋に着くと正田はすぐにハルの手を消毒して、傷口にテープを貼ってくれた。自分自身も怪我《けが》が絶えない職業柄か、手当てをする手際は思いがけずよかった。

「意外なところで器用なんですね」

「馬鹿野郎。応急処置と料理の腕はプロ級だ」

何か変な組み合わせだが、料理の腕のほうはちょっと興味がある。ハルも一人暮らしが長いので、料理は苦手なほうではない。だが、正田の作る料理を食べてみたいと思った。

「だったら、ぜひ腕前を拝見したいので、明日の朝は何か作ってもらえます？」

それは、今夜はここに泊まっていってほしいという誘いだ。これまで何度かこの部屋で抱き合ったけれど、正田はいつも夜のうちに帰ってしまった。

「それとも、今夜も抱くだけ抱いたら、恋人をベッドに残して帰ってしまうつもりですか？」

ハルがそう言って挑発すれば、正田はスーツの上着を脱ぎ捨てて立ち上がる。そして、テープをしたばかりのハルの手を引いて寝室へ連れていこうとする。

「ちょっと待って。せめてシャワーを……」

「そんなもん、あとでいい。どうせドロドロに汚れるんだからよ。それから、朝まで眠れると思うなよ。今夜は手加減しないからな」

「今まで手加減してくれていたんですか？」

これまで抱き合うときはいつも夢中で互いを貪《むさぼ》り合っていた。今このときに喰らい尽くしておかなければ、今度はいつ会えるともわからない関係だったからだ。なので、ハルも充分がっついていたと思うが、正田だって微塵の手加減もなかったように思う。

それでも、彼は不敵な笑みを浮かべると、ハルをベッドに押し倒して言う。

「今から明日の仕事の心配でもしておけ。煽《あお》ったのはおまえだぞ。立ち仕事で一日腰が持たなくても、文句はいっさい聞かないからな」

「そういう正田さんこそ、明日何か重大な事件が起きても知りませんよ。へっぴり腰で拳銃を構えても、犯人に当たらないいんじゃないですか？」

「おまえ、本当に口が減らないな。そんなきれいな面をして、なんでそんな皮肉屋になっちまったんだ？」

「それは、わたしという人間を作り上げた人が、ずっと毒を盛り続けてきたからですよ」

すると、正田は露骨に苛立ちをその顔に浮かべ、陳のことを小声で罵っていた。

「それでも、あの人はわたしの特別な男なんです。ただ、彼が作り上げたわたしは、今はあなたのものですけどね。それで何かご不満でも？」

にっこりと笑ってシャツの前を自ら開く。この白い胸はすべてあなたのもので、好きにしてと正田の前に投げ出せば、彼は忌々しさと欲情が混濁した表情でハルを睨んでいた。

陳とはまるで違う、荒々しい彼の抱き方はハルの理性を吹き飛ばす。シャツを剥《は》ぎ取られて、ズボンと下着も引き下ろされて、裸体を彼の前に晒せばひどく淫《みだ》らな気持ちになって欲しがるだけの自分になる。

「おまえは本当に毒の花だな。いい歳をして、ガキみたいに興奮させられている自分がいやになる」

正田が腹立たしげに言うが、それならハルだって言いたいことはある。

「わたしだって、こんなに乱されている自分が信じられないんですからお互い様じゃないですか。それに、どうせ二人とも数時間後にはドロドロなんでしょう。だから、もう喋《しゃべ》るより抱いて……」

ハルの言葉に正田が不敵に笑う。そして、自ら服を脱ぎ捨てると、細身でいてきれいに筋肉のついた体で覆い被さってくる。

皮肉や嫌味の応酬も楽しいけれど、やっぱりこの男とは抱き合っているときが一番だ。こんなにも心ときめく誰かに出会う日がくるなんて思ってもいなかった。

それは、心のどこかで陳の腕の中から抜け出すことができない自分を意識していたから。でも、正田はハルをあの水槽から掬《すく》い上げてしまった。

穏やかで心地のいい水槽から出て、ハルは誰かに心を寄せることへの不安や怯《おび》え、せつなさや胸の痛みを知った。それは陳の腕の中にいたら、きっと一生知ることのないことだった。けれど、ときにひどく心をかき乱すそういう感情を知ったことをハルは後悔していない。

こんな気持ちを知らないまま生きていたら、きっと自分は人生のどこかで大きな疑問を抱き、やがては深い迷路をさまよいながら歳を重ねていたかもしれない。

「ハル、おまえはどうしようもないほどに俺の気持ちをかき乱すんだよ。チクショー。この甘くて白い体は、いったい何でできてるんだ?」

初めてハルを抱いたときにも、正田は同じようなことを言っていた。だから、ハルはあのときと同じ言葉を返してやる。

「言ったじゃないですか。全部あなたの好きなものでできているんですよ。だから、存分に味わって……」

彼がハルを味わうほどに、ハルもまた正田を貪れる。文字どおりドロドロに溶けて、二つの体が一つになるほどに愛し合いたい。

こんな気持ちの高ぶりは正田としか味わえない。だから、今夜ばかりはもう明日のことなど何も考えられないハルだった。

「あっ、いい……っ。もっと、そこがいい……」

これ以上ないほどに淫らな声が部屋に響いている。

「きれいな顔をして、いやらしい奴めっ」

なんとでも言えばいい。そんないやらしい体に夢中になっているのは正田なのだから。そして、ハルは潤滑剤を枕の下から取り出して言った。

「指を増やして。あなたのは大きいから、もう少し慣らしておいて」

もちろん、男のそれで体の中を激しく突かれるのは好きだ。でも、指や口での前戯もハルは好きなのだ。そこを存分に慣らされているとき、自分の体が淫《みだ》らに疼き出す。その疼きがどんどんと高まっていくとき、ハルは身も世もなく啼《な》く自分に酔いしれる。

淫らな姿を晒し、嬲《なぶ》られる自分に興奮するのだ。正田は陳のように痒《かゆ》いところに手が届くようなやり方はしない。ハルのどこがいいか、まだ探しながら夢中で愛撫《あいぶ》をしてくる。その強引さや乱暴さがハルの官能をより掘り下げてくる。

今も彼の膝《ひざ》の上に座らされ、大きく両足を開かれて、股間《こかん》と後ろの窄《すぼ》まりを存分に擦られ弄《いじ》られている。

「あっ、んんっ、う……んっ」

ハルの喘《あえ》ぎ声を聞いていた正田もまた息を荒くして、自分の股間を硬くしている。だが、まだ入れるつもりはないらしい。

「おい、うつ伏せになって尻を上げてみな」

「何を……?」

「もっと刺激的なほうがいいだろう」

正田が舌嘗《したな》めずりをして、うつ伏せになったハルの腰をつかんで高く持ち上げる。

「おっと、足は開いたままだ。全部俺に見せてみろ。どんなところもきれいな体だからな、おまえの言うとおり、存分に楽しませてもらうぜ」

そう言うと、正田はそれまで指で慣らしていた後ろの窄まりに舌を這《は》わせはじめた。

「ああっ、そ、それは……っ」

あまりの刺激にハルが腰をブルッと振るわせた。

「じっとしてろよ。安心しな。前もちゃんと触ってやるよ。ただし、いきたくなったらちゃんと言えよ」

「あっ、駄目っ。そんなふうにされたら……」

我慢ができなくなる。でも、一人でいかされるのはいやだった。

「正田さ……んっ、お願いっ。あっ、ああーっ」

もう果ててしまうと思った瞬間だった。正田の手がハルの硬くなったものの根元を強く握った。

「あっ、ひぃ……っ」

「ほら、いくときはそう言えっていっただろ。おまえがこらえきれなくなって甘い声で啼くのを聞きたいんだよ。でなけりゃ、勝手にいかせないぜ」

ハルは興奮を無理矢理断ち切られて、目尻にうっすらと涙を溜めながら顔だけで振り返った。

「意地悪……。あなたなんか……」

「なんだよ？　文句があるなら言ってみな。いつもみたいに切れ味のいい嫌味の一つも聞かせろよ」

だが、体がこんな状態ではそれもできない。ハルは体の中で行き場を失った欲望に翻弄《ほんろう》されるように身悶《みもだ》える。

「ほら、もう一度だ。ちゃんといくって言え」

そう言うと、正田はまたハルの後ろの窄まりを嘗めては前を擦り上げる。ここで意地を張ればし自分が苦しくなるだけだ。わかってはいるけれど、ハルはしばらくの間唇を噛《か》み締めていた。

するとし、正田が小さな舌打ちをしたのが聞こえる。

「まったく、強情な奴だ」

だが、その強情にも限界があった。前を擦りながら後ろを嘗めては唇を離し、そこを指でまさぐられて掠《かす》れた悲鳴が上がる。

「いやらしい穴だ。自分では見たことがないだろう。外はピンク色で中は少し赤い。まるで呼吸しているみたいにピクピク動いているぞ」

その言葉についに歯止めが外れてしまう。うつ伏せているハルはもう夢中でシーツに頬を押しつけ、持ち上げられた腰を振りながら懇願する。

「あっ、ああっ、いくっ。いくからっ。もう、いかせてぇ……っ」

ハルの背筋が痙攣《けいれん》しながら大きく反り返り、両手が強くシーツを握る。それを見て正田が満足そうに笑ったのが聞こえた。そして、股間に最後の一刺激が与えられて、ハルの股間が弾けた。

白濁を正田の手にたっぷりと吐き出す。

「う……っ、うう……っ」

果てながらも少し恨めしげに振り返ったら、正田のほうはいたって満足げに片方の口角を持ち上げて笑っていた。

「いい子だ。そうやって半ベソかきながら、素直にしているときもいいじゃないか」

勝手なことを言う男だと思うけれど、ハルをこんなふうに扱えるのは正田だけだ。でも、いいようにされたままでは気がすまない。ハルはゆっくりと体を起こすと、濡《ぬ》れた手をティッシュで拭っている正田の首に縋《すが》るように抱きついてやる。

「おいおい、欲しがりすぎだ」

ニヤニヤと笑いながらそんなことを言っているが、そんな軽口も今のうちだけだ。ハルは正田の唇に自分の唇を重ね、口腔をたっぷり嘗め回してから彼の顎から首筋、胸へと舌を這わせる。物足りなくてねだっていると思ったのか、両手でハルを抱き締めようとするから、その手をそっと払ってやる。そして、体をさらに沈めて正田の股間へと顔を埋めた。

「うっ、あ……っ」

今度は正田に淫らな喘ぎ声を漏らしてもらうつもりだ。ハルは形のいい唇を大きく開いて、正田自身を銜《くわ》え込む。口での愛撫には自信がある。陳でさえ何度か陥落させたことがある舌の動きで、正田のものを徹底的に高ぶらせてやる。

口いっぱいになったそれを存分に嘗め回し、獣が唸るような声を上げている正田の顔をチラッと上目使いに見てやった。そのとき、ちょうど正田もハルの顔を見下ろしていて二人の視線が合った。

「チクショー。おまえ、うますぎるだろう。いい具合に仕込まれやがってっ」

確かにハルをここまで仕込んだのは陳だが、今は正田がそれを味わって楽しんでいるのだから文句を言われる筋合いはない。

「このまま口でいかせましょうか？」

ハルは極上の笑みを浮かべて正田に訊いてやる。正田はちょっとふて腐れたような顔になって、ハルの体を自分の股間から引き剝がす。

「口もいいが、もう突っ込ませろよ。中でいきたいんだよ」

これ以上ないほど硬く大きくなっている正田自身にコンドームをつけてやる。正田は自分でやると言ったが、ハルがそれをさせてやらなかった。自分が育てたりっぱなものだから、自分の手で迎え入れる準備も施してやりたかったのだ。

理容師という仕事をしていてしみじみ思うのは、ハルは人の体に触れているのが好きなのだ。ましてやそれが好きな男の体なら、手をかければかけるほど楽しいのは当たり前だ。

準備を整えた正田のものを片手で握り、片手は彼の首筋に回しゆっくりと体を密着させる。

向き合った状態から体を仰向けに倒していくと、正田の広い胸が覆い被さってくる。ハルの体に体重をかけないようにしながら、片方の膝裏をすくうようにして高く持ち上げる。

「入れるぞ」

「ええ、きて……」

潤滑剤で充分に濡れたハルの窄まりに、彼の先端が押し当てられる。次の瞬間、ズルッと体の中に大きく熱いものが潜り込んでくる。

「んんっ、あ……っ」

息を吐きながら、体から力を巧みに抜いた。そして、まるで正田自身を呑み込んでいくように窄まりが開いては締まる。

正田もまた長い吐息を漏らし、ハルの体の一番深いところまで自分自身を押し進めてきた。そこまでたどり着くと一度ハルと唇を合わせてから、正田が耳元で囁《ささや》いた。

「クソッ。たまらないな」

「あなたのも、大きくて硬くてすごくいい」

そして、正田のものは形もいい。まるでハルの体の中に合わせて作られたかのように、ぴったりと肉壁に吸いついてくる。その感触がたまらなく気持ちいい。快感がそこから全身に広がって、ハルの体は溶けていくようだった。

「動いていいか？」

「動いて、突いてっ。あなたので、うんと突いてっ」

ハルは夢中で正田を求めた。正田は両手をハルの顔の横について、下半身を激しく動かした。突かれるたびに顔の横のスプリングが揺れる。ハルの体も揺れて正田のものがリズミカルに体の奥に当たる。

そうやって奥で何度も突き上げたかと思うと、一度動きを止めてギリギリまで自分自身を引き抜く。ズルリと抜け落ちそうになるとハルが「抜かないで」と身悶える。

「もっと、もっと……っ」

もっと擦ってハルの中を熱くしてほしい。もっと突いてこの気持ちを乱してほしい。

「うぐぅ……っ、くぅ……っ」

正田が声を嚙み殺すようにして呻《うめ》く。彼の限界も近いとわかって、ハルは一緒にいけるよう自分自身に手をかけようとした。だが、自分で触れるまでもなく、先に正田の手がそこを握ってくれた。

「おい、一緒にいくぞ」

同じことを考えていた正田に、ハルがにっこりと笑って頷いた。

「一緒にいきたい……」

そう言うと正田の肩に手をかけて、激しい抜き差しに備える。また唇を合わせてから、正田が長いストロークで動きはじめ、そのスピードがじょじょに上がっていく。

「ああっ、あっ、あ……っ」

ハルが正田の動きにおいていかれまいとしがみつく。正田が低く呻き、猛烈な速さでハルの中がかき乱される。そして、一瞬動きを止めたあと、二人して同時に絶頂に達した。

思いっきり背中を反らして甘い喘ぎ声を上げていたハルだったが、やがて一気に力が抜けた体をシーツに落とす。そのハルの体に正田がぴったりと胸を密着させる状態で倒れ込んでくる。その重みが不快ではなくて、彼の激しく上下している心臓の鼓動が直接伝わってくるのがむしろ心地よかった。

部屋の中には二人の荒い呼吸の音だけが響いている。こんなにもセックスに夢中になれる相手がいると思うと、なんだか自然と笑みが漏れてしまう。こんなにドロドロになっても楽しくて仕方がない。

「やばいな……」

正田がまだ息が整わないまま呟いた。

「何がですか?」

ハルも大きく胸を上下させながら訊いた。

「やり足りない。全然足りてねぇ」

真面目な顔をして言うから、ハルは小さく噴き出した。まだ息が苦しいのに笑わせないでほしい。けれど、正田は真剣な表情でハルの肩に嚙みついてくる。その姿は野生の狼ではなくて、まるで遊び足りない大型犬のようだ。

「笑ってんじゃない。おまえはどうなんだよ？」

もちろん、ハルだって全然足りていない。だから、彼の手を取ってそっと自分の股間へと持っていく。果てたばかりで萎《な》えたそれも、正田が触ってくれればまたすぐに硬くなる。正田ののにも手を伸ばし、汚れたコンドームを取ってから同じようにやんわりと握って言ってやった。

「朝までやるという約束でしょう？　それとも、一度やったらおしまいにするつもりですか？もしかしてわたしのほうの手加減が必要なら、遠慮なくそう言ってくださいね」

ベッドの上では挑発しただけでのってくる男だともうわかっている。やっぱり、陳とはまるで違っている。言いなりになって、甘やかされて抱かれているばかりではない。自分もまた彼の感情をコントロールすることができるのだ。

案の定、正田はハルの挑発にのって、不敵な笑みを浮かべて言い返す。

「その皮肉屋の口が『もう勘弁して』と泣きつくまでやってやるから、覚悟しておけよ」

望むところだった。もっともっとハルを味わってほしい。もっともっと正田を喰らい尽くし

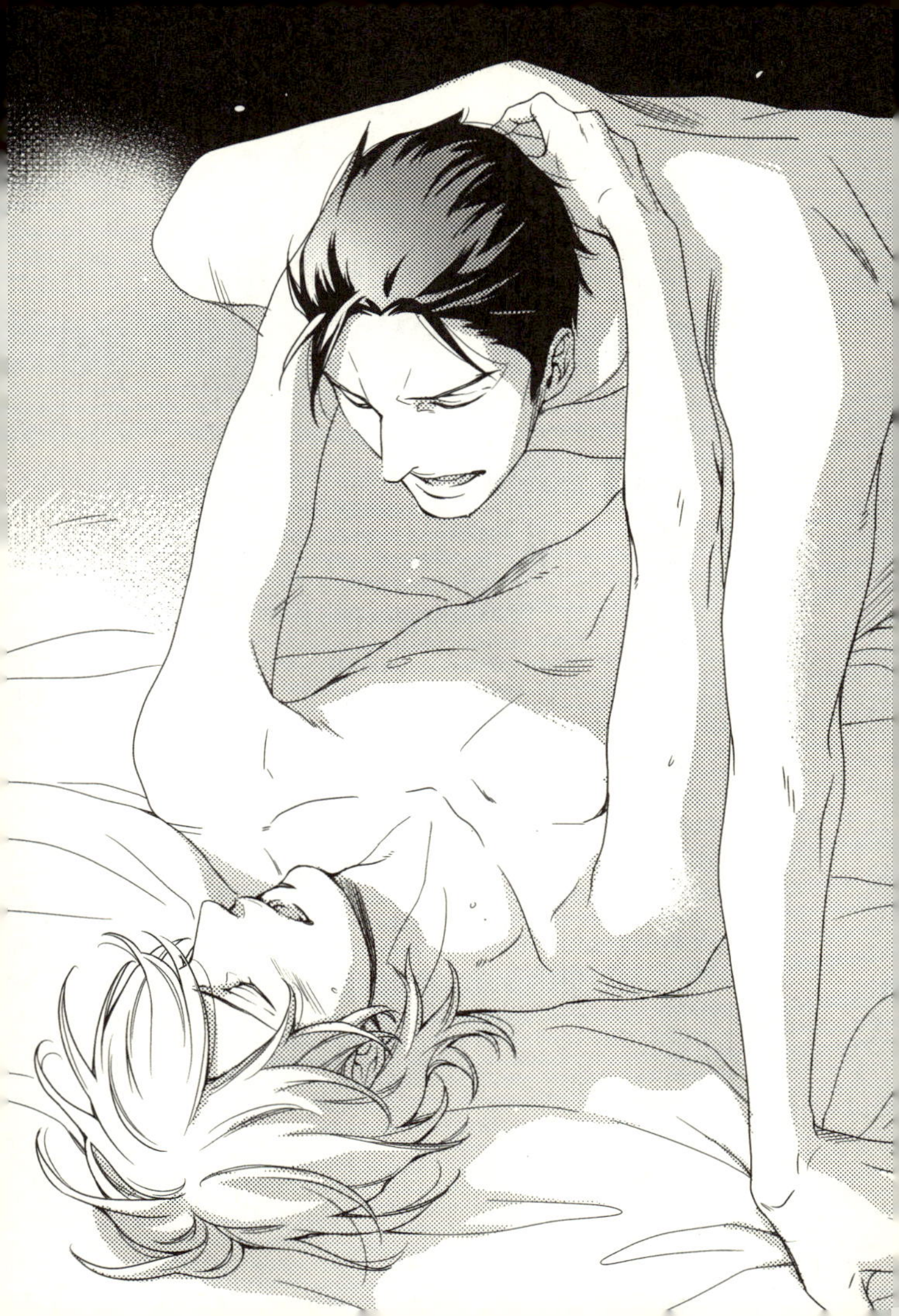

たい。いっそこの夜が永遠に続けばいいのに。そんな馬鹿げたことを願うほど、今のハルはこの愛に溺《おぼ》れていた。

でも、一夜が明ければこの男はまた刑事の顔になって出かけていくのだ。そして、ひとたび事件が起これば、捜査に追われる彼にどのくらい放っておかれるかわからない。ときには彼の身を案じながらも、ただ待つことしかできないのだ。

だから、愛を貪れるときは存分に、この男の骨までしゃぶり尽くしてやりたい。

「許しを請うなんてあり得ませんよ。この体がどんなにドロドロになっても、あなたにしがみついていますから」

にっこりと笑って言うと、正田の手がハルの頬に触れる。

「いいぞ。それでこそ俺が惚《ほ》れた男だ」

うっとりするほど色っぽい顔でそんなことを言われたら、ハルの股間が途端に熱くなる。そんなハルの反応に正田もまた彼自身を硬くしている。

何度でも何度でも、欲しがって夜が続くかぎりこの愛を続けよう。愛しい男の腕の中で、ハルは新しい恋の夢を見ているのだから。

◆◆

浅い眠りから目が覚めたとき、汚れたシーツの中で丸まっていた体を起こそうとして微かに呻き声が漏れた。

（まいったな……）

さすがにタガを外しすぎた。体中がものすごい筋肉痛だった。

昨夜は日付が変わる前から愛し合って、お互い気を失うように眠りに落ちたのが確か四時過ぎだった。今は午前七時。三時間ばかり眠っただけだが案外頭はスッキリとしていた。

ただ、ベッドの隣に正田の姿がなくてハルは思わず溜息を漏らす。やっぱり、あの男は帰ってしまったのだ。でも、責めるつもりはない。明け方まで抱き合って過ごした夜はハルにとって極上だったから。

とにかくシャワーを浴びようと寝室を出たら、キッチンのほうから何かいい香りがしていた。ハッとしてリビングのドアを開け、キッチンを見るとそこには正田がフライパンを握って立っている。

「よぉ、少しは眠れたか？　もうすぐ朝食ができるから、さっさとシャワーを浴びてこい」

そう言う正田はもうシャワーを浴びたのか、さっぱりとした顔で濡れた髪を後ろに撫でつけている。スーツの上着とネクタイはリビングのソファに放り出してあり、シャツの袖《そで》を捲《まく》り上げてすっかりシェフ気取りだった。

「いい匂《にお》いですね。何を作っているんです?」

「できてからのお楽しみだ。ほら、さっさと用意しないと店に遅れるぞ」

「そういうあなたは?」

ハルの店は徒歩十五分の距離で十時からだが、正田は少なくとも九時には署に入っていなければならないはずだ。

「俺は福井に言ってある。所用で少しばかり遅れるってな」

そういうことなら大丈夫だろう。将来は警視庁のエリートコースを歩む福井だから、湾岸署《わんがん》ではは正田以外の人間は腫《は》れ物に触るように大切にしている。そんな福井に伝言を頼めば、上司も文句が言えないとわかっているのだ。要するに「福井と鋏は使いよう」ということだろう。

それならと安心してハルはシャワーを浴びにいく。ドレッシングルームで羽織っていたローブを脱ぐと、鏡に映った自分の裸体を見て一瞬目を見張った。

「ああ、これはまた派手にやってしまったな」

そんな独り言をこぼしたのは、体中に赤い痣《あざ》が無数についていたからだ。自分の股間を確認すれば、内腿《うちもも》のあたりはとりわけすごいことになっている。すべて正田が一晩でつけたキスマークだ。まるでこの体の隅々までが自分のものだとマーキングされた気分だった。けれど、それも悪くはない。

最後の恋人と別れてからというもの、ハルはずっと陳の腕の中にいた。その間の自分は陳のものであって誰のものでもなかった。けれど、正田は自分が選んだ男だ。その男にはっきりと所有権を誇示してもらうのは、思いのほか気分のいいものだった。

熱めのシャワーでしっかりと目を覚まし、自分自身のグルーミングを終えてまたローブを羽織りリビングに戻る。

正田はキッチンでコーヒーを飲んでいたが、ハルが戻ってきたのを見て手際よく朝食のプレートを用意している。

「この間のバーじゃ飲んでばかりだったが、朝くらいはちゃんと喰ってんのかよ？　どうせ店が忙しいときは昼食もとってないんだろうが」

まさか正田に食生活の心配をされるとは思わなかった。だが、彼が運んできたプレートを見て、ハルは驚いて一瞬目をしばたかせてしまう。

「これは……？」

「マフィンがあったんでな。ただのサンドじゃつまらないから、一工夫してみた。卵が新鮮だったから、いいソースができたぞ。久々の自信作だ。喰ってみろ」

自慢げに言っているが、ハルは本当に正田が作ったのだろうかとまだ自分の目を疑っていた。というのも、プレートの上にのっているのは、トーストしたマフィンに焼いたハムとポーチドエッグをのせ、たっぷりのオランディーヌソースがかかっているエッグベネディクトだったから。その横にはバターでソテーしたマッシュルームとほうれん草が盛られて、彩りとばかり十字に飾り包丁の入ったプチトマトまで並んでいた。

料理の腕はプロ級などと豪語していたが、まったく信じていなかった。もし夜のうちに帰らず、朝食を用意してくれるとしても、せいぜいトーストとコーヒーくらいのものだろうと思っていた。それなのに、ハルが自分で用意するよりも凝ったものが出てきて、正直心底驚いていたのだ。

「材料が揃《そろ》っているから助かったぜ。どんなに腕がよくても、材料がないとどうしようもないからな」

そう言いながら、正田は自分の作ったエッグベネディクトを頰張り、その味に満足したように頷いている。その様子を見てハルもカトラリーを手にすると、マフィンの上でたっぷりのオランディーヌソースを被ったポーチドエッグにナイフを入れる。

トロリと溶けて出てくる黄身がソースと混じり、なんともいえず食欲をそそる。そして一口食べてみて、まるでホテルのレストランの朝食のようによくできた味にたまらず笑みがこぼれた。

正田の言うとおり、ハルの仕事は昼が食べられないことも多いし、体質的に夜に重い食事はしたくない。なので、朝にはしっかりと栄養補給をするようにしているので、これはなかなか理想的でステキな朝食だった。

「これ、すごく美味《お》しい……」

一緒に用意されていた絞りたてのオレンジジュースとコーヒーも完璧《かんぺき》で、思わずナプキンで口元を拭うとうっとりと呟いてしまった。

「だろう？　こう見えて、俺は案外できる男なんだ。無骨で不器用そうだとか、そういう間違った刷り込みは今すぐデータの書き換えをしておけ」

胸を張って偉そうに言っているが、ハルには少しばかり気になることがあった。

「データの書き換えはやぶさかではありませんけど……」

独身で一人暮らしというには、腕がありすぎる。あるいは、本当に料理が趣味だったとでもいうのだろうか。そんな疑問をどうやって問いただそうかと考えていると、図らずも正田のほうがあっさりとその理由を口にした。

「毛利の奴、居候するなら家賃は請求しない代わり、料理くらいきっちりしろって言いやがるから、俺も意地になってあれこれと基本から覚えたわけだ。まぁ、やってみりゃ楽しくないわけでもない。要するになんだな。こういうのは泳げるとか運転できるとか、そういうのと同じだろ。一度習得しちまえば一生もんでそれなりに役に立つ」

そういうことかとハルの目が少しばかり据わる。考えてみたら、自分と陳の問題はそれなりにカタがついたが、そっちのほうの問題がまだ残っていた。これは早急にどうにかしなければと、この案件はハルの心の中のスケジュール帳にくっきりと太文字で記載された。

それは置いておくとして、この際正田にはもう一つ聞いておきたいことがある。

「ところで、福井様ですが……」

「福井様？　ああ、そうか。奴はおまえの店の会員だったな」

福井に「様」をつけて呼んだので、途端に不機嫌そうな表情になった正田だが、店の客なら仕方ないかとふて腐れながらもそれ以上は突っ込まないでいる。

「福井の馬鹿がどうかしたか？」

今日の遅刻をごまかすために福井を利用しておきながら、どこまでも横柄な態度の正田がほうれん草のソテーを頬張りながらたずねる。

「実は、文也に少なからず好意を抱いていらっしゃるようですが、どこまで本気なのかと少しばかり案じているんです」

彼らは正田とハルと違い、「The Barber Kisaragi」の会員と担当理容師という関係なのだ。店の経営にかかわることなら、ハルも気配りをせざるを得ない。

それに、福井はいい人間だとは思うが少々ピントのずれた感覚の持ち主でもあるし、男性との恋愛経験があるとも思えない。なので、彼との恋愛を止めるつもりはないが、そのせいで文也が泣くようなことにならなければいいと案じているのも事実だ。

ところが、ハルの話を聞いた正田の返事は意外なものだった。

「あれは放っておけばいい」

「どうしてですか?」

正田の言葉の意味がわからずハルがたずねれば、肩を竦めてコーヒーを飲みながら言う。

「文也ってのは、なんでも福井の中学のときの初恋の女の子に似ているらしい。それで、初めて会ったときからのぼせ上がってやがる。だが、お坊ちゃまは男との恋愛経験などないから、馬鹿の一つ覚えでグルーミングに通っているだけだ」

「なるほど……」

とりあえず、福井が文也を気に入っている明確な理由はわかった。だが、正田も言っているように、あの福井が文也と一線を越えることができるのかどうか、また文也がそんな気持ちをぶつけられたとして応える気になるのかどうか、すべては神のみぞ知るというところだろう。

とりあえず、あの二人は一緒にいる分には楽しいらしいので、今しばらくはそっとしておこうと思う。それに、そういうほのかな思いというのもなんだか微笑ましくていい。

ハルが朝の日差しがたっぷり差し込むダイニングでそんなことを考えていると、向かいに座って自分の作った朝食を頬張っている男がものすごく悪そうな顔になって言う。

「おい、あの文也って可愛《かわい》い坊やに言っておいてやれよ。福井がのぼせ上がっているうちに、せいぜい高い飯を奢《おご》らせて、ほしいものがあったら適当にねだって、うまい汁を吸うだけ吸ってあとはゴミみたいに捨ててやれってな」

腐っても自分の部下であり相棒である福井に、よくもそこまで辛辣《しんらつ》なことが言えるものだと呆《あき》れた。

「そういう憎まれ口をきいていて、福井様が上司になったとき離島に左遷されても知りませんよ」

「離島？　左遷？　させるかよ。そんな戯言《ざれごと》を言い出そうもんなら、入院しない程度にあばらが二、三本折れるほど殴ってやる。警察ってのは、とにかく現場経験が長い奴が上だ。そいつはもう暗黙の了解だ。階級なんざただの飾りもんで、関係ない。だから、福井の奴は一生俺には逆らえないんだよ」

現実はそうでもないと思うが、正田と福井に関してはそうかもしれない。

というのも、福井はエリートコースを歩むことが決まっているだけに、署の中ではどこか腫れ物扱いされているところがある。そんな中で、正田だけはなんの遠慮もなく福井を怒鳴り、こき使い、彼に現場の厳しさを叩《たた》き込んでいる。いずれは上に立つ人間だからこそ、現場の人間が何を思い何を感じているかを教えておかなければならないと思っているのだろう。

また、福井にしてみれば、正田ほど真剣に自分に向き合ってくれる先輩は他にいない。だから、どんな憎まれ口をきいていても、やっぱり彼は正田には懐いているのだと思う。

そうやって己の信念を曲げることなく、仕事に向き合っている正田の姿勢が好きだ。昨夜は本当にドロドロになって体が溶け合うほどに愛し合った。ベッドの上で淫らな真似をしているときの彼もいい。そして、こんな美味しい朝食を作ってくれるところも魅力的だ。

朝食をとりながら、そんな愛しい恋人をぼんやりと眺めていると正田がたずねる。

「なぁ、テレビつけていいか？　ニュースが見たいんだ」

「ええ、もちろん。ケーブルも入っていますから、お好きなチャンネルをどうぞ」

ハルがリモコンを手渡すと、正田は国営放送をつけて今朝のニュースを見ながらすでに食べ終えたエッグベネディクトの皿を押しのけて、コーヒーを飲んでいる。

ニュースでは地方の収穫祭の様子をトピックスとして取り上げていた。都内では特に大きな事件もなく、アナウンサーの語りも明るくさわやかな朝だ。

考えてみたら、「The Barber Kisaragi」を開業して以来、陳以外の誰かと朝食をとるのは初めてかもしれない。ずっと恋から遠ざかっていたから、こうして恋人と迎える朝になんとも言えない幸せを味わっている。

「なぁ、ハル……」

「はい、なんです？」

テーブルに頬杖《ほおづえ》をついてテレビの画面を見ながら正田が名前を呼んだので、ハルもエッグベネディクトの付け合わせの野菜をフォークですくいながら返事をする。

「また、あれやってくれよ」

「あれ？　あれって、なんでしょう？」

自分の部屋ですっかりくつろいでいる正田を見るのも楽しいし、朝食の席で好きな人と交わすたいして意味のないやりとりがハルをくすぐったい気分にさせていた。

ところが、国営放送のニュースに飽きてケーブルのBBCにチャンネルを変えた正田は、ヨーロッパの経済危機のニュースを見ながらなぜかニヤついた顔で言った。

「だから、あれだよ。あれ。女装。今度はスカートでな」

思ってもいない言葉を聞かされたハルは、ガチャンと行儀の悪い音を立ててカトラリーをプレートに置いてしまった。さわやかな気分が一瞬で吹き飛んだ。人の部屋でくつろぐのはいいけれど、そのセリフはあまりにも気が緩みすぎだろう。

「あなたって人は……。やっぱりそういう趣味なんですか？」

ハルの声色が剣呑《けんのん》なものになったことに気づいて、正田がテレビ画面から視線を外してこちらを向いた。そして、ハルの目が吊り上がっているのを見て、ぎょっとしたように言い訳を口にする。

「えっ、あっ、だ、だから、そうじゃないぞ。そうじゃないけど、おまえだといいかなって思っただけだ。本当だぞ。けっして、そういう趣味ってわけじゃないっ」

本当はどうだかわからない。顔に似合わず料理がうまいのも意外だったし、正田のことはまだ知らないことが多すぎる。

しばらく冷ややかな目で見ていたら、正田が気まずそうに二杯目のコーヒーをそそぎにキッチンに行く。その横顔に「しまった」と書かれているのが見えるような気がして、呆れるのを通り越してたまらず噴き出しそうになった。

朝っぱらからこんな馬鹿げた痴話喧嘩《ちわげんか》ができるのも、気持ちを許した相手だからこそだ。そして、恋人になったからといって、いつも二人でこんな穏やかな時間を過ごせるわけではないとわかっている。正田の刑事という職業は、二人の関係にこれからも厳しい現実を突きつけてくるはず。

ただ、何があっても正田は必ずハルのところに戻ってきてくれるだろう。どんな凶悪犯に立ち向かうことになっても、けっして命を粗末にすることはない。過去の事件は一生彼の胸から消えることはなくても、正田は死に場所を求めて刑事になったわけではないのだから。

そして、ハルも彼の無事を祈って待つ覚悟はできている。これからもハルは彼が疲れた姿でやってきたら、この腕でしっかりと抱き締めて、この手で彼を美しい男に磨き上げてやるつもりだ。乾いて少し乱れた正田の髪を見ながら、ハルの手はもうそれを整えてやりたくてうずうずしている。でも、今しばらくは自分の好きな男の姿をうっとりと眺めているのもいい。

そして、愛する人と迎えた朝に幸せを噛み締めながらも、昨夜の無茶がたたって小さな欠伸《あくび》を漏らしてしまうハルだった。

正田との関係は、もう誰に憚《はばか》ることもなく「恋人」と名乗れるようになった。だが、もう一つだけ解決しなければならないことがある。

その日は店が休日の第三月曜日。ハルはフェラーリを飛ばすと、警視庁の近くにある科捜研を訪ねてきた。ここにどうしても会わなければならない男がいるのだ。

現場を飛び回る刑事と違い、科捜研の人間は研究所に詰めているので面会は容易だった。脱いだカシミアのコートを横に置いてロビーのソファに座って十分も待たないうちに、毛利がいつもの清潔感の溢《あふ》れる涼やかな姿で現れる。

「これは、珍しい来客だな」

ハルを見るなりそう呟いた毛利だが、その表情はこの訪問を予期していたように見える。ハルも立ち上がって突然の訪問を詫びる。

「お忙しいところ申し訳ありません。お時間はとらせませんので、少しだけよろしいですか？」

毛利は微かに頷くと、ハルをまたソファへ座るようにと促し意外な言葉を口にする。

「実はわたしのほうから伺おうかと考えていたんですよ」

「えっ、そうなんですか？」

「今回の事件では貴重な情報を提供していただきました。おかげで無事犯人を逮捕することができました。ご協力感謝します」

「単なる素人の思いつきでしたが、お役に立てて何よりです」

いささか儀礼的な挨拶のあと、ハルがふと思いついたように言う。

「そういえば、『シロツメクサ』の花言葉は『復讐』なんですね。あの可愛らしい牧歌的な花には似合わないので、まったく思いつきませんでした」

「どんなことでもこじつけて、可能性を探るのが仕事ですから。もっとも、それ以前にあの雑草を現場から拾ってくる人間がいなければ、今でも単純な通り魔事件の線で捜査を続けていたかもしれません」

「そうですか。やっぱり正田さんのカンはたいしたものですね」

「問題も多い男だが、刑事としては優秀だと思います」

その言葉を聞いて、ハルはずっと不思議に思っていたことを毛利に質問してみた。

「そういえば、毛利さんはなぜ現場ではなく科捜研の仕事を選ばれたのですか？　これは単なる個人的な好奇心なので、答えたくなければけっこうなんですが……」

現場にいれば、正田と一緒に捜査にあたることができただろう。だが、彼はその道を選んではいなかった。

「確かに、父親の遺志を継いで、正田のように現場で捜査にあたりたいという気持ちはありました。ですが、母親にそれだけはやめてくれと泣いて懇願されましてね。どうしても警察に入るなら、科捜研という条件で認めてもらったというのが理由です。今はこの職場に満足していますよ」

ずっと気になっていたことだが、毛利本人の説明で充分に納得ができた。非番だったとはいえ、刑事としての使命感で夫は事件に自ら飛び込んでいき命を落とした。もし息子が刑事になったら、同じことが起こらないともかぎらない。毛利の母親の気持ちはハルでも痛いほどよくわかる。

「では、もう一つだけ質問してもよろしいですか?」

「ええ、なんなりと。ただし、今回の事件に関してはまだ裁判を控えているので、お話しできないこともありますがね」

「事件のことではありません。あくまでもプライベートに関することです」

そう言ってから、ハルは笑顔でたずねる。

「もしかして、誰かに頼まれて女装したことはありません?」

突拍子もない質問であることはわかっている。案の定、表情の変化に乏しい毛利の顔が怪訝《けげん》そうに歪んだ。それでも、彼はあくまでも真面目に答える。

「亡くなった父親の御霊に誓ってありませんね」

「そうですか。それならけっこうです」

ハルが満足したように言ったときだった。まるで自分の噂《うわさ》を聞きつけたかのように、科捜研の正面玄関のドアが開いてふらりと正田が現れた。

あまりのタイミングに思わず毛利とハルがそちらを見て目を見開いていたら、二人の強烈な視線を感じた正田が奇妙な顔をして立ち止まり、周囲をキョロキョロと見渡していた。

そして、ロビーの片隅のソファで毛利とハルが向かい合っているのを見つけ、まるで国際手配のテロリストが出頭してきたのを見たかのように目を剝《む》いている。

「なんでだっ？　なんでここにいるんだっ？」

そう叫んだかと思うと、柄にもなくちょっと焦った様子でこちらに向かって大股でやってくる。何か新しい事件のことで毛利に相談にやってきたのかもしれないが、ハルを見て少しばかり気まずそうな顔をしているので意地悪をしてやりたくなった。

「ちょうどよかった。実はお訪ねした用件というのは彼のことでして……」

ハルはそばにきた正田を指差しながら言う。毛利はチタンフレームの奥の目を一瞬鋭く光らせる。正田は二人の顔を交互に見比べて、いったい何が始まるんだと落ち着かない様子だった。

そこで、ハルはにっこりと微笑みながら毛利に言う。

「この人、わたしがいただきました。今日はそのご報告に伺ったんです」

そのとき、毛利の片眉が微妙に持ち上がった。正田はハルの隣で相変わらず気まずいような、それでいて照れたような顔を自分の片手で覆っている。ハルはいつもの営業用スマイルだ。

三者三様の状態でしばしの沈黙が過ぎて、やがて毛利が口を開いた。

「そうですか。面倒な男ですよ。返品しないでくださいね」

その言葉を聞いて、正田が毛利に向かって「俺はものじゃねぇぞっ」と怒鳴っている。だが、ハルはそんな毛利の言葉に小さな棘《とげ》を感じていた。「返品」ということは、すなわち元は自分のものだったと主張しているも同然だ。

「もちろん。遺体になってもしませんからご安心ください」

彼はもう髪の毛の一本、その肉も骨もすべて自分のものだと暗に言い返してやる。すると、今度は正田がハルに向かって「俺は死なねぇよっ」と怒鳴る。

毛利は一瞬ハルを冷たい視線で見下ろしたものの、すぐに表情を和らげる。それが毛利の了解だと察したハルは一礼をして、その場を立ち去ろうとした。

正田が後ろから声をかけてくるが、仕事中の彼とここで長話もできないし、会えるなら今夜にでも二人で食事に出かけてもいい。あとでメールを入れると指で合図をするために振り返ったときだった。

「如月《きさらぎ》さん……でしたよね」

毛利が言ったので、ハルが足を止める。

「ええ。でも、友人や店では『ハル』と呼ばれていますので、それでけっこうですよ」

「では、ハルさん。正田のことですが……」

もしかして、まだ納得してくれていないのだろうか。ハルが少し表情を硬くする。

「彼とわたしは、ある意味同じ父親を持つ義兄弟です」

「義兄弟？　同じ父親ですか……？」

どういう意味だろうとハルが首を傾げる。

「そう。わたしにとってはあの事件で殉職した父は実の父親です。そして、この男も父によって命を救われた。つまりわたしの父親に命をもらったも同然の男です」

二人は同じ男から命を授かったという意味で、毛利は正田と自分を「義兄弟」と言っているのだ。ハルは黙って頷くしかなかった。

「なので、その縁だけは切るつもりはありませんのであしからず」

彼らは毛利の父親が事件で殉職してから、ずっと長い年月をともにしてきた。ときには恨んだり恨まれたり、支えたり支えられたりして、互いの存在を意識し依存してきたのだろう。だが、二人は正田の言っていたとおり、恋愛関係にはなれないのだ。

陳とハルの関係が「親子」の縁ならば、毛利と正田は「兄弟」の縁だ。どちらも他人が切れと命令することのできないものだった。

ハルは苦笑を漏らすしかなかった。正田も肩を竦《すく》めている。そして、今度は毛利のほうが一礼をして、その場を足早に去っていく。

残されたのは恋人同士の二人。だが、こんな場所で甘い言葉を聞かせてくれる男ではないと知っている。

「じゃ、またな」

正田もそれだけ言うと、毛利のあとを追うように建物の奥へと姿を消した。ハルは手にしていたコートを羽織ると、外に出て愛車を停めた駐車場に向かう。

見れば歩道には枯れ葉が舞い散り、本格的な冬の訪れを知らせる乾いた空気の匂いがハルの鼻腔をくすぐった。そんな空気の変化で、来月の店のディスプレイの変更を考える。

この冬は凍てつく大地で戦う男のイメージがいい。ワイルドで色気が匂い立つような男は、粗野でいて同時に包み込むような温もりを持っている。乱暴な手つきで、おいしい朝食を作ったりもする。

バーボンとアメリカ開拓時代のアンティークのナイフ。ランタンの灯火とカウボーイハット。そして、少しばかり華やかさを演出するために、女性の黒いレースの靴下止めなどもいいだろう。

ウィンドウには男心を惹きつける小物が並び、店内では最高のサービスと技術を提供する、それがハルの経営する「The Barber Kisaragi」だ。

あとがき

前作の「The Barber」では多くの方に消化不良を招いたようで、心より申し訳なく思っております。お詫びというわけではありませんが、こうして続編の「The Cop」をお届けすることとなりました。

挿絵は前回に引き続き、兼守美行《かねもりみゆき》先生にお願いすることができました。お忙しいスケジュールの中、クォリティの高い絵の数々で作品を飾っていただき感謝いたします。

大人なのに素直になれないのか、大人だから素直になれないのか、よくわからない意地っぱり同士でしたが、どうにかしがらみと決着をつけて落ち着く場所に落ち着きました。

これで皆様の胃腸の具合もいくぶん治まりがついたでしょうか。わたし自身もヤレヤレといったところで、くつろげる会員制美容院があればゆっくりしたい気分です。

さて、このあとがきを書いている現在は、日本全国残暑にあえいでいる真っ最中。今年の夏は諸事情によりいつもの避暑地に出かけたものの、わずか一週間で帰国という慌ただしいことになってしまいました。

おかげ様で久しぶりに日本の夏をガッツリ味わったのですが、なかなか強烈なものでした。

だからといって引きこもっていてはいけないと無理に出かける理由を作り、歯医者通いをしていたらなぜか耳の調子も悪くなり耳鼻科にも通う羽目に……。

低音性突発性難聴という、「痛くはないが、何より鬱陶しい」という病気になっていました。通常の突発性難聴と違い、治りやすいけれど繰り返しやすいという病らしく、実はこれで左右合わせて三回目。今回も聴力は数日で戻ったものの、ずっと耳閉感に悩まされながら一夏を過ごしました。でも、最近は少し調子のいい日もあるので、秋風の吹く頃にはぜひ全快と願いたいものです。

秋になったら窓辺のフラワーポットの花も植え替えなくちゃ。今は赤とピンクのガーベラですが、次は何にしようか考え中。冬まで元気に咲いてくれる花を探しに花屋さんへお出かけしたら、ついでに新しい観葉植物も増やしちゃえ。冬になると、部屋の中をジャングルのように緑だらけにしたくなる習性があります。

それでは、秋にも新作で皆様にお会いできますように。それまで残暑に負けず、どうぞお元気でお過ごしください。

二〇一二年　八月　末日

水原《みずはら》とほる

この本を読んでのご意見、ご感想を編集部までお寄せください。

《あて先》〒105－8055　東京都港区芝大門2－2－1　徳間書店　キャラ編集部気付
「The Cop ―ザ・コップ―」係

■初出一覧

The Cop—ザ・コップ—……書き下ろし

Chara

The Cop —ザ・コップ—

……【キャラ文庫】

2012年10月31日　初刷

著　者　水原とほる
発行者　川田　修
発行所　株式会社徳間書店
〒105-8055　東京都港区芝大門2-2-1
電話048-451-5960(販売部)
03-5403-4348(編集部)
振替00140-0-44392

印刷・製本　図書印刷株式会社
カバー・口絵　近代美術株式会社
デザイン　百足屋ユウコ

ISBN978-4-19-900689-0

好評発売中

水原とほるの本
【ふかい森のなかで】

イラスト◆小山田あみ

定職に就かず人目を避け、外出はたまのコンビニだけ——引きこもりの稔明《としあき》の元へ、父の差し金で三歳年下の大学生・晃二《こうじ》が世話係としてやってくる。追い返そうと嫌がらせを重ねる稔明だけど、「あんたを見てるとイライラする」と、むりやり犯されてしまった!! ところが初めて知ったセックスの快楽に、稔明は次第に溺れてゆき!? 閉ざされた部屋の二人だけの遊戯——ダーク・センシティブラブ!!

好評発売中

水原とほるの本
「二本の赤い糸」
イラスト◆金ひかる

この赤い糸がもっともっと絡まり合って、解けなくなればいいのに——。平凡な会社員の一実《かずみ》には、人に言えない秘密がある。それは、高校時代の友人二人に抱かれ続けているということ。大学で研究を続ける理知的な英章《ひであき》と、傍若無人な大企業の御曹司・克彦《かつひこ》。なぜ何の取り得もない僕に執着するの…？　答えを得られないまま二人とのセックスに溺れる一実だけれど、とうとう終わりの時が迫り!?

好評発売中

気高き花の支配者
水　とほる
イラスト◆みずかねりょう
おまえの主人が誰なのか
その身体に、思い知らせてやる

水原とほるの本
【気高き花の支配者】
イラスト◆みずかねりょう

資産家の跡取り息子から一転、貧しい下働きへ——。家が没落し天涯孤独な蓮《れん》は、豪商の御影《みかげ》家に住み込みで働くことに。そんなある日、隠していた美しい顔が、屋敷の主・御影琢磨《たくま》の興味を引いてしまう。「おまえは何者だ？」異国の血を引く端正な美貌で富も名声も手にする御影は、蓮の素性を明かそうと強引に抱いてきて!? 隠しても香る気高き花の芳香——運命の嵐に翻弄される大正ロマン!!

好評発売中

水原とほるの本

【蛇喰い】

イラスト◆和鐵屋匠

蛇喰い
水原とほる
イラスト 和鐵屋匠
おまえの中に眠る黒い蛇は、
男を惑わせ狂わせる——
キャラ文庫

一千万の借金を残して恋人が失踪!! 平凡な会社員の雅則《まさのり》は、身代わりとしてヤクザ相手に金貸しを営む宇喜多《うきた》の元へ拉致されてしまう。冷徹な頭脳で組織を率いる一方、酷薄に人を切り捨てる宇喜多。監禁され、たわむれに陵辱される日々に絶望する雅則に、宇喜多は不可解な言葉を囁く。「おまえは蛇だ。男に絡みついて堕落させる黒い蛇——」。被虐の中にほの見える快楽に、動揺する雅則だが!?

好評発売中

夜間診療所
水原とほる
イラスト◆新藤まゆり
先生がいい。先生のことが知りたい。
先生を俺のものにしたいよ。

水原とほるの本

【夜間診療所】

イラスト◆新藤まゆり

法外な報酬をふっかけて、ヤクザの治療も引き受ける――。大学病院を追われ、繁華街で夜間診療所を営む外科医の上嶋《かみじま》。そんなある晩現れたのは、一回り年下の大学生・敬《けい》。ジャーナリスト志望の敬は、ヤクザと対等に渡り合う上嶋に嫌悪を隠そうともしない。けれど、医療への真摯な一面に触れた途端、剥き出しの興味をぶつけてくる。「俺とおまえじゃ住む世界が違うんだよ」。戸惑う上嶋だったが!?

好評発売中

水原とほるの本【災厄を運ぶ男】

イラスト◆葛西リカコ

災厄を運ぶ男
Tohoru Mizuhara
水原とほる
イラスト 葛西リカコ
逆らっても無駄なんだよ
諦めて俺と一緒に闇へ堕ちろ——

倒産寸前の父の町工場を継ぎ、多額の借金を背負った秀一《しゅういち》。金策に悩む秀一の前に現れたのは、大学で同期だった戸田《とだ》。ヤクザまがいの金貸しを営む戸田は、「無期限で金を貸そうか」と囁いてくる。悪魔のような美貌の笑み——疎遠だった十年を埋めるかのように近づいてくる戸田に破格の条件を提示され、とうとうその手を取ってしまう秀一だが…!? 情欲の焔《ほむら》を隠し持つ男と堕ちる宿命的な恋!!

好評発売中

水原とほるの本
【金色の龍を抱け】

イラスト◆高階 佑

水原とほる
イラスト◆高階 佑
金色の龍を抱け
決して逃がしはしない
俺の腕の中で飼われ続けろ
キャラ文庫

この男の言いなりになるのは、すべて母の入院費を稼ぐため――。華僑《かきょう》の街の片隅で、秘密裏に開催される違法の賭け試合。賞金を得て暮らす姿慧《ツゥフェイ》に目をつけたのは、若き青年実業家・梁瀬《やなせ》。裏社会に君臨し試合を取り仕切る梁瀬は、「金が欲しいなら言うとおりに戦え」と姿慧を女のように飾り立ててリングへ上がらせるが!? 闇を背負う男に身も心も支配され快楽へ導かれる――ハードラブ!!

キャラ文庫最新刊

人形は恋に堕ちました。

池戸裕子
イラスト◆新藤まゆり

依頼を受け、セックスドールを製作した草薙《くさなぎ》。けれど完成した人形は、片想い相手に瓜二つ！　しかも好みの性格に成長し始め⁉

シガレット×ハニー

砂原糖子
イラスト◆水名瀬雅良

片想いしている後輩の浦木《うらき》に、セフレとの情事を見られてしまった名久井《なくい》。けれど浦木は「俺にすればいい」と告げてきて…⁉

蜜なる異界の契約

遠野春日
イラスト◆笠井あゆみ

ヤクザまがいの青年・泰幸《やすゆき》が出会ったのは、魔界の皇子・ベレト。「精気をくれるなら望みを叶えてやる」と契約を持ちかけられ⁉

The Cop−ザ・コップ− The Barber2

水原とほる
イラスト◆兼守美行

理容室を経営するハル。刑事の正田《しょうだ》とは友人以上だが、会いにも来ない。久々に現れたかと思えば、移り香をまとっていて…⁉

11月新刊のお知らせ

英田サキ　［ダブル・バインド外伝(仮)］cut／葛西リカコ
華藤えれな［義弟の渇望］cut／サマミヤアカザ
神奈木智　［黄昏の守り人(仮)］cut／みずかねりょう
吉原理恵子［二重螺旋７(仮)］cut／円陣闇丸

お楽しみに♡

11月27日(火)発売予定